いつかここにいた貴方のために
Someday, For You Who Lived Here.
Forever, for You Who Stay There.
ずっとそこにいる貴方のために
author
西塔 鼎
illustrator
Enji

Content

Someday,
For You Who Lived Here.
/
Forever,
for You Who Stay There.

Design : BELL'S GRAPHICS

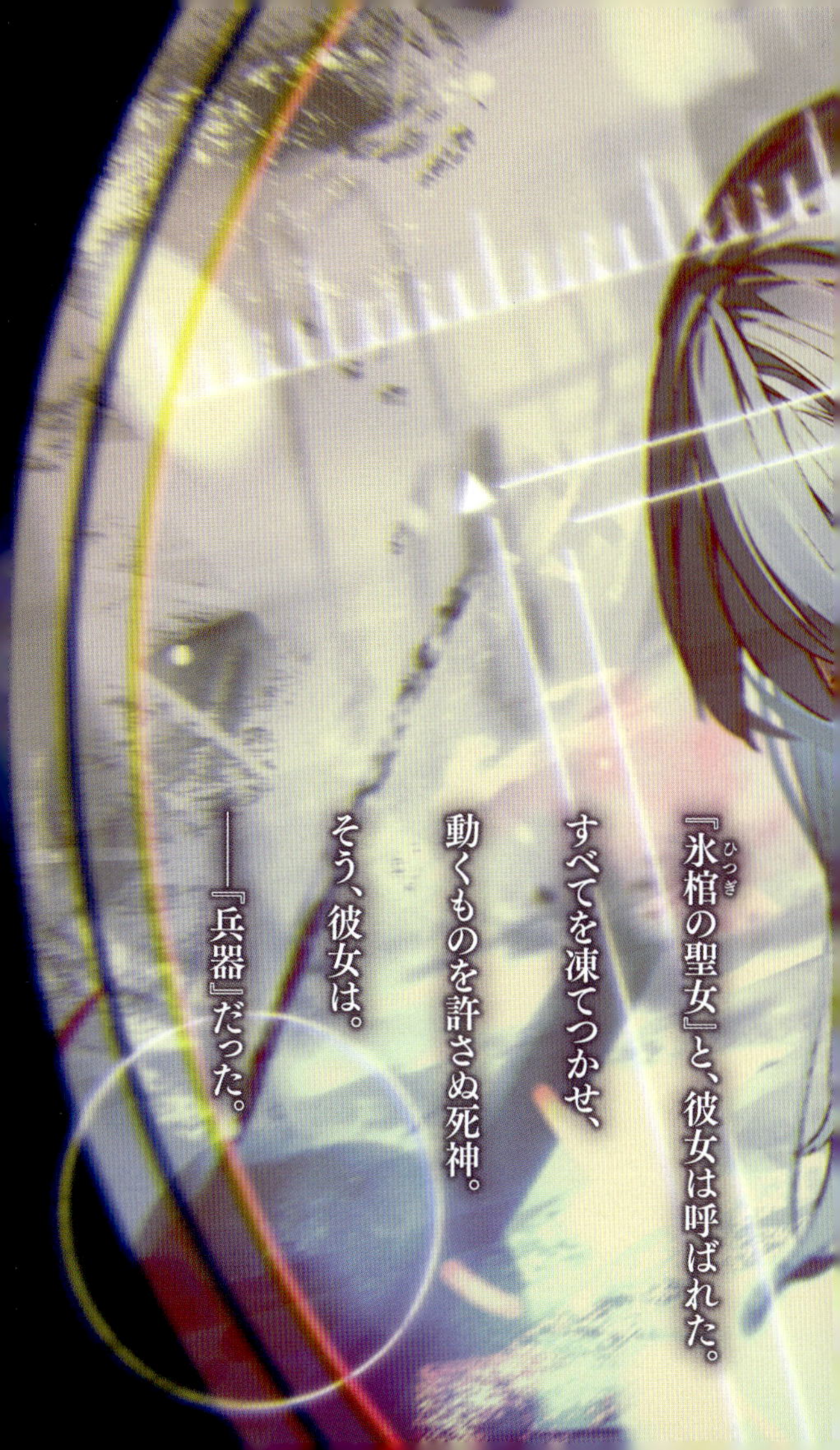
『氷棺《ひつぎ》の聖女』と、彼女は呼ばれた。
すべてを凍てつかせ、
動くものを許さぬ死神。
そう、彼女は。
――『兵器』だった。

KI
女。
ち、
って
た。

YOZU
四《よづき》
レンカたち歩兵部隊の前に現れた謎の少
氷と雪とを操り周囲を凍結させる異能を
その圧倒的な力によ
戦況を一変させ
CHARL
シャル
レンカ・カイと同じ部隊の兵士。
かなり珍しい少女従軍者。
レンカにやや気があるようだ。
KAI
カイ
連邦」の少年兵。
入隊の腐れ縁で、
生き残ってきた。
ere.

ある日、春の戦場に『雪』が降った。
それは、ある少女が起こした奇跡。
血みどろの最前線で、
少年は、その美しさを見た。

LENKA

レンカ

「帝政圏」と永く戦争している「連邦」所属の少年兵。
死亡率が高いと言われる前線部隊の少年兵の中では
かなり長く生き残っており、仲間からはしばしば
【不死身《サバイバー》】と揶揄されている。
体格は年齢に比して小柄。

レンカとは同期
彼とともに激戦

いつかここにいた貴方のために

Someday, For You Who Lived Here.

ずっとそこにいる貴方のために

Forever, for You Who Stay There.

author 西塔 鼎
illustrator Enji

◆0――現在。一九四三年二月十二日八時五十五分、或《あ》る記者の手記。

軍用の輸送車両の振動に起こされて、私はゆっくりと顔を上げた。

座り心地のおよそ考慮されていない固い座席で眠っていたせいで、全身の筋肉が不快感を訴えている。

節々の痛みに顔をしかめつつ、狭い車内でどうにか身体をほぐそうと身を捩《よじ》っていると――

向かい側から不意に声が投げかけられた。

「おはようございます、記者さん。よく眠れましたか」

連邦軍の濃紺の軍服をきっちりと着込んだ、背の高い男。今回の取材にあたって私の案内役として同行してくれた軍人さんだ。

精悍《せいかん》な、整った顔立ち。単純な外見だけであれば二十歳かそこらに見えるが――右頬の大きな火傷《やけど》痕と眼鏡越しの闇色の瞳が、外見年齢以上に老練した印象を与えていた。

軍人の問いかけに、私は軽く顔を押さえながら首を横に振る。

「最悪でした。……頭が痛いです」

「そうでしょうね。昔から、兵士たちの間でもこいつは乗り心地最悪と大評判でしたから」

目だけが笑っていない奇妙な笑みを浮かべると、彼は手元の端末を操作しながら続ける。

「でも安心して下さい。ようやく、お目当ての場所に到着ですよ」

そう言って、端末の画面に地形図を表示させて見せる彼。

その座標を指さしながら、彼はにこりともせずに言う。

「ようこそ、かつて地獄だった場所へ」

男の案内に従って車両を降りて、ぬかるんだ地面に立つ。

北部でもこの辺りは比較的温暖であるとはいえ、乾いた風はほのかに肌寒い。

薄いジャンパーの前を寄せながら、私は首から下げていたカメラを構えてファインダーを覗《のぞ》き込《こ》む。

切り取られた視界の中に広がっていたのは——地平の果てまで長く、長く伸びた塹壕《ざんごう》地帯だった。

北緯63度、東経98度。連邦北部、レヴァン平原。

先の連邦と帝政圏との大戦争、通称「庭の戦争」のさなか。この大平原は両陣営が幾度もぶつかり合った激戦区であった。

その事実を否応《いやおう》なく突きつけるかのように。あの突然の停戦から数ヶ月が経過した今もなお、いたる所に砲弾によるものだろう、無数の着弾痕が残っていて――ところどころは崩れて埋まっている。

死んだ巨獣のように横たわる巨大な鉄塊は、車両の残骸だろうか。それ以外にも放棄された野戦砲などが当時の様子そのままに朽ちていた。

……そして、朽ちて転がっているのは無機物ばかりではない。

黒い泥濘《でいねい》と同化するようにして辺りに積み重なっている、野戦服を纏《まと》った泥の塊のようなそれは――

「……うっぷ」

不快感から思わず朝食のサンドイッチを戻しそうになるのをどうにかこらえて、私はシャッターを切り続ける。

そんな私を横目で見ながら――軍人の男がぽつりと、呟《つぶや》いた。

「……珍しいですね。死体を見て吐きそうになる従軍記者を見たのは、初めてです」

「あはは、そうでしょうね。そもそも私、従軍経験はないので……」

「ではなぜ、わざわざこんなところに取材に？」

少し意外そうにそう問う彼に、私は苦笑いを浮かべながら答える。

「まあ、その。『戦場伝説』とでも言いますか――そういうものに、興味があって」

「戦場伝説、ですか。……ええ、そういった類のものは当時、多かったですね」

戦場伝説。戦場において生まれた様々な噂話《うわさばなし》、英雄譚《えいゆうたん》、あるいは与太話。たとえば銃弾の飛び交う戦場を騎《き》兵槍《へいやり》一本で飛び回って獅子奮迅《ししふんじん》の活躍をした兵士の武勇伝であったり、あるいは戦場の裏で暗躍する邪教崇拝者たちの噂《うわさ》であったり。

多くの人間が狂騒の中にあった戦場において、そういった根拠も怪しいような奇怪な道聴塗説《どうちょうとせつ》が花開くのは、ある意味では当然のことであった。

「今にして思えば、馬鹿げた話ばかりですがね。軍部が秘密の天候操作兵器を開発しているだとか、新型の毒ガス兵器を作り出したとか——なぜあんな荒唐無稽な与太話がまことしやかに話されていたのか、今では皆目理解できませんが」

淡々と呟《つぶや》きながら肩をすくめて、軍人は私を一瞥《いちべつ》すると続ける。

「ですが、そういうことであればなおさら妙なことですね。そんな与太話を調べるのであれば、わざわざ軍に掛け合って案内役をつけるよりも街をうろついている帰還兵に小銭か安酒でも握らせたほうがよほど収穫はあるでしょうに」

口調自体に棘《とげ》はないが、なんだか微妙に当てこすられているような気がする。

どこか居心地の悪さを感じながらも、私は少しの逡巡《しゅんじゅん》の後にこう答えた。

「軍人さんは、神様って信じますか？」

その問いかけに、軍人はわずかに眉根を寄せる。

「……宗教のお誘いでしたら、あいにくと場違いも甚《はなは》だしいですが」

「いえ、そういうのじゃなくて。……ええとですね、私が追いかけている噂《うわさ》がそういう類のものというか――そう」

言葉を区切りながら、私はこちらを怪訝《けげん》そうに見つめる軍人へと続ける。

「神様に愛された『聖女』たち。最初にその話をしていた人は、そう言っていました」


――その存在が囁《ささや》かれるようになったのは、かの大戦中期に遡る。

膠着《こうちゃく》が続いた戦場に、「彼女たち」は突然に現れたという。

記録には諸説や揺れがあるものの――概《おおむ》ね全てにおいて共通するのは「彼女たち」が何かしら、人智を超越した奇妙な異能の力を携えていたという事実。

絶望的な戦況の中に突如現れてはその圧倒的な力で帝軍を打ち払い、兵士たちに希望を与え続けた少女たち。

そんな彼女たちのことを――当時の兵士たちはかように呼んでいたという。

神から授かった秘蹟《ひせき》の力で人を導くもの、すなわち、「聖女」と。

「……『聖女』。ええ、当時はよく耳にしたものですが——あれこそ、戦時中のプロパガンダに過ぎませんよ。神に選ばれた少女たちが、挺身《ていしん》して国のために戦う。なんとも健気《けなげ》で、兵隊受けしそうな話ではありませんか」

どこかあしらうような軍人の返答。それはきわめて一般的で、当然の反応だ。

神に選ばれた少女が、人々の先陣に立って導き、戦う。そんな「お話」は、歴史を遡ってみてもそれこそ無数にある。

戦場を賑《にぎ》わせた「聖女」の噂《うわさ》も、いわばそういった英雄譚《ヒロイックサーガ》の類型に過ぎない——そう考えるのが理性的で、常識的なものの見方と言えるだろう、けれど。

「ところが、そうでもないんです」

軍人の言葉を遮って、私は続ける。

「当時の新聞や官報は、全部検分しました。確かに内容はあまりにも現実離れしたものばかりです。けど……実際にその力を目の当《ま》たりにしたという兵士が、何人もいるんです。『彼女たち』の異能の力をその目で見て、そして助けてもらったっていう人たちが——」

「……へぇ？」

軍人の声音が変わった気がして、思わず熱弁していた私ははっと口をつぐむ。

……失敗だった。こんなオカルト話を調べるためにわざわざ軍に掛け合って、こうして案内役の軍人まで付けてもらったなんて、向こうとしてもいい気分ではないだろうに。

緘黙《かんもく》して冷や汗を流す私をじいっと見つめて──軍人は再び口を開いた。

「どうして貴方《あなた》は、『彼女たち』のことを調べようと?」

「え?」

意外にもその口から出たのは叱責や罵倒ではなく、そんな質問で。その漆黒色の瞳にもまた、こちらを責めるような気配はない。

半ば拍子抜け、半ば妙な居心地の悪さを感じながらも、私は正直に答えることにした。

「……最初は、興味本位だったんです。けど調べているうちに……純粋に、気になったんです。『彼女たちは、どこに行ったんだろう』って」

「……」

沈黙する軍人。その沈黙を促しととって、私は言葉を続ける。

「『彼女たち』の存在が単なるプロパガンダだったなら、それでいい。でもそれにしてはあまりにも──『彼女たち』の存在は、この戦争において無視できない。例えば一九四〇年、ヴァルトール・リーエン戦線での大規模攻勢、一九四二年、東部戦線第一〇三高地での撤退戦、そして一九三九年四月……ここ、レヴァン平原での戦闘。細部は軍事機密ですから何もわからないですけど、参加していた兵士は皆口を揃《そろ》えて言うんです。『彼女たちがいなかったら、我々は死んでいただろう』って」

「だから貴方《あなた》は、その足跡を探しにきたと?」

「……はい」

「だとしたら」

軍人は、静かに問う。

「それを知って。その足跡を辿《たど》って、貴方《あなた》はどうしたいんですか」

冷たい刃を押し当てられたような、ぞっとする感覚。

思わず震える手を自分の手で握りしめて。私は彼に向き直って、返す。

「もしも彼女たちが『いた』のなら。私は彼女たちが『いた』事実をちゃんと歴史に証明したいって、そう思うんです。いなかったことにされるなんて、そんなのは……悲しいですから」

そんな私の答えに、軍人はただ、沈黙して。

うつむき加減のまま――その口元を奇妙に歪《ゆが》めて、ぽつりと呟《つぶや》く。

「貴方《あなた》は、馬鹿ですね。それが軍事機密に当たる内容だったら……とは考えないんですか」

「はっ」

思わず間の抜けた声を漏らす私を見てくっくっと喉を鳴らす軍人。表情の乏しさ故に気付かなかったが、どうやら笑っているらしかった。

「いいでしょう。ならそんな馬鹿な貴方《あなた》に免じて少し、昔話をしてあげましょう」

「昔、話？」

「ええ」

そう言って、彼は辺りに転がっていた土嚢《どのう》にゆったりと腰を下ろすと――手袋に包まれた手で右頬の火傷《やけど》痕を軽く撫《な》でながら、静かに口を開く。

「これは、ある愚かな少年と――『聖女』と呼ばれた一人の少女の、お話です」

■1――一九三九年四月。それは或《あ》る春の日。

ぱらぱらと頭上からこぼれてくる土の感触に頬をくすぐられて、レンカはゆっくりとその瞼《まぶた》を開く。

どうやら少し、微睡《まどろ》んでいたのか。そんなことを思いながらすぐ、手に握った7・62ミリ軍用小銃の銃把《じゅうは》の感触を確かめながらゆっくりと、肺の中の息を吐き出して呼吸を整える。

極東種《イーストリ》に多い漆黒の髪に、闇を溶かしたような同じ色の瞳。浅く日焼けした肌はつい先程まで塹壕《ざんごう》を往復していたせいで泥まみれで、もとはと言えば濃紺色であった装甲板付きの戦闘服も同様の有様。

今年で確か十六歳になるその体軀《たいく》は同年代の者たちに比べればやや少し小柄であるが、とはいえ戦場にあっては無駄に背丈があっても良い的になるだけだ。戦車兵も小柄な方がやりやすいという話もあるし、レンカ自身は己の体格をそれほど気にしたことはなかった。

「お、レンカ、目ぇ覚めたか」

断続的な銃声と砲声が鳴り響く、塹壕《ざんごう》の中。不意に横から声を掛けられて少年兵、レンカは眼球だけ動かして横を見る。

同じように身を縮こまらせて座っていたのはレンカよりも少し背の高い、金髪の少年だった。

「……カイ。悪い、どのくらい寝てた」

「三分くらいってとこかね。何事も変わりなしさ、この通り鉄と火薬の集中豪雨で誰も動けねえのも相変わらず。……疲れは取れたか」

「ああ、おかげでよく眠れた」

「……ってかよくこの状況で眠れるな、お前」

「慣れてるだろ、お前だって」

「まあそうだけどさ」

彼の名は、カイ。レンカと同じ十六歳で、レンカと同じく少年兵をしている同期だ。

もっとも孤児であるレンカとは違って彼はそこそこいいところの生まれらしいが――なぜこんな最前線で鉄砲玉をやっているのかは、よく知らない。

お互いの素性は探らない。それがレンカたち第三志願歩兵小隊における鉄の掟《おきて》だった。

「シャルは」

「あいつは伝令で二分前に出てった。……そろそろ帰ってくるんじゃねえか」

そんな会話をしていると、頭上からどすんと飛び込んでくる影。

「ただいまー！　ふー、怖い怖い。死ぬかと思った」

そう言って大きなため息を吐き出したのは、赤みがかった長い髪を動きやすく両サイドで纏《まと》めた少女。シャルロッテ、通称シャル――彼女もまたレンカの仲間で、汗臭さと泥臭さとお下品が充満する歩兵部隊としてはきわめて珍しい、女性兵士だ。

「お前よくこの状況で外走るよな」

「え？　だってその方が近いし。弾なんて、動いてりゃそうそう当たらないって」

「……そう言って死んだ奴《やつ》は、たくさん見た。あんまり無茶はしないでくれ。俺はシャルに、死んでほしくない」

寝起きなのもあって、だいぶぶっきらぼうな物言いになってしまった。

そのせいかシャルはレンカと同じく泥に塗れた、けれど健康的な白い肌を少し上気させながらもじもじと口ごもって――

「……うん、ごめん、レンカ」

なんて、借りてきた猫みたいに申し訳なさそうに呟《つぶや》く。

やはり少し、怖がらせてしまったかもしれない。後で謝っておこうと反省しながら――けれど今は頭を切り替えて、レンカは改めてシャルに向き直る。

「それで、何か動きはあったか」

「ああ、うん……十二時きっかりになったら戦車隊の後押しが来るから、それと同期して突撃だって」

「突撃ぃ？　流石《さすが》に地獄の北部レヴァン戦線の現場指揮官さまの考えることは違うぜ。流れ弾で吹っ飛んでくれねえかな」

「ついさっき吹っ飛んだばっかりだよ。でも命令の変更はないって」

ひゅう、と口笛を吹いて肩をすくめるカイ。その音をかき消すかのように、地鳴りとともに金属の擦れ合うような音が聞こえてくる。

手持ちの懐中時計を一瞥《いちべつ》。時刻は十一時五十九分。とすればそろそろか。

「……ふぅ」

もう一度呼吸を整えて、すぐさま動き出せるよう全身に酸素を行き渡らせたところで——レンカは二人の顔を見る。

「カイ、シャル」

二人の名を呼ぶと、二人とも銃を持っていない左拳を突き出してみせる。

掲げられたその拳に向かって己の拳を打ち付けると——時を同じくして塹壕《ざんごう》の上方から、耳をつんざくような砲声が響き渡る。

「仕事の時間だ」

言いながら塹壕《ざんごう》から這《は》い出《だ》して、小銃を抱えて一歩を踏み出す。

「二人とも、死ぬなよ」

「了解！」

「期待してるぜ、我らが愛《いと》しの【不死身《サバイバー》】！」

■

「庭の戦争」と呼ばれる戦争が始まったのは今から遡ること九年前、大陸暦一九三〇年のことだった。

大陸を二分する勢力、「連邦」と「帝政圏」。かねてより衝突を繰り返してきたこの二つの国家が致命的に決裂したその原因が何であったかはもはや思い出せないが――ともあれ、両国は薄灰色の平和を維持することを放棄し、全面的な戦争へと踏み切った。

九年。その歳月の間に喪《うしな》われたものは、少なくない。

豊かな緑に、歴史ある文化と建築の数々。そして、何千万にも上る人命。

これまでに人類が築き上げてきたものを崩すような、それはまるで壮大なドミノ倒し。

ゆえに、かの時代は喪失の時代であったと人は言う。

何もかもがこぼれ落ちて白紙に戻された、罪の時代であると。

何もかもが喪《うしな》われ、壊れた時代。

けれど、そんな時代にあってなお――彼らは生まれて、戦い続ける。

果てのない塹壕《ざんごう》の中、降り続ける砲火の曇天の下、泥濘《でいねい》と流血を踏みつけながら、少年たちは銃を取る。

明けない夜はないとうそぶきながら。少年たちはその地獄を、青春と呼んだ。

■

牽引《けんいん》されていく中破《ちゅうは》車両たちを横目で追いかけながら、兵員輸送用のトラックの吹きさらしの荷台の上でレンカはあくびを嚙《か》み殺《ころ》していた。

数日がかりの塹壕戦《ざんごうせん》の後だ。すし詰めのトラックの固い荷台であっても、上から砲弾が落ちてこないという安心感だけでよほど快眠できる。

北部戦線の澄んだ昼空はよく晴れて、しぶといことに小鳥のさえずりまで聞こえてくる。まったくもって、のどかな光景だ。のどかすぎて、またあくびが出てきそうだ。

……周りに広がるこの惨憺《さんたん》たる地獄から、目を背けるならば。

燃料タンクに被弾したのか、いまだ炎上を続けている戦車の残骸。その搭乗員であったのだろう、人の形をかろうじて残した真っ黒い塊が、近くに転がったまま放置されている。

いたるところから聞こえるのは、怨嗟《えんさ》と苦痛のうめき声。

担架で運ばれていく腕のない血まみれの兵士はアドレナリンが出っぱなしなのか、大声で呪《じゅ》詛《そ》を叫び続けていて。一方で黒いタグが付けられた担架で運ばれていった上半身だけの誰かは、すでにぴくりとも動いていない。

昨日の主役がレンカたち前線兵士であったとするならば、今この時の主役は、泥をはねながら忙《せわ》しなく駆けていく衛生兵たちだろう。


……昨晩の戦闘は、酷《ひど》いものだった。

レヴァン平原北部、レニンベルク市。北部地域の要衝にして複数の線路や道路交通の中継拠点であるこの都市を帝軍によって奪われたのがおよそ四ヶ月前のこと。

レンカたちの所属する第八十四師団第九機械化歩兵大隊に下されていたのは、この都市の奪還作戦の支援……のはずだったのだが。蓋を開けてみれば当然と言えば当然、現地の連邦軍が手をこまねいている間にも都市周辺には帝軍によって幾重もの防衛線が敷かれており、都市攻略以前にろくに近づくことすらままならない始末。

結果、シャベル片手に平原に穴ぐらを掘っては籠もり、おっかなびっくり飛び出していってはハリネズミのような防衛網の餌食《えじき》になる――というのが、レンカたちが到着してからの約一ヶ月の間に何度も何度も繰り返され続けた戦闘の顚末《てんまつ》であった。

結果、昨晩もご多分に漏れず連邦軍は気持ちのいいほどの大敗を喫して敗走。こうして尻尾を巻いて逃げ帰ってきたというわけだった。

「ったくよぉ。無駄だってのはいい加減わかるだろーに、お偉方はどうして懲りずに繰り返そうとすんのかね」

「カイ、声が大きい。また怒られるよ」

ぶつくさと文句を零《こぼ》すカイをたしなめながらも、シャルもまた乾いた泥がへばりついた顔で大きなため息を吐く。

「……でもまあ、私も同感。あーあ、いい加減お風呂《ふろ》とか入ってさっぱりしたいなぁ。もう服の下まで泥だらけだもん」

「お風呂《ふろ》か、いいねぇ。俺も入りたいぜ。できれば混浴だとなおいいな」

「叩《たた》くよ」

じろりとカイを睨《にら》んだ後、彼女は晴れ空を仰ぎながらもう一度、肩を落とす。

「あーあ。いつ終わるのかな、この戦争」

誰に届けるでもないその問いは、きっとこの戦場にいる全ての人間が思っているであろう疑問だった。……もちろん、レンカ自身も。

こんな戦いに、意味はない。恐らくは誰もが理解しているけれど、誰もやめられない。

戦場を動かす歯車は幾重にも嚙《か》み合《あ》って、この九年間ひとときたりとも止まることなく回り続けている。

それはさながら、ひとつの巨大な劇場装置のようなもの。

そしてレンカたちがこうして無益な突撃を繰り返している事実もまた——そんな悪趣味な劇場装置を動かす歯車のひとつなのだと。レンカはいつしか戦場というものの在り方を、そう認識するようになっていた。

輸送トラックが野営地に入って停車すると、レンカたちは荷台を下りて自分たちの分隊用テントへと向かう。

慌ただしい喧騒《けんそう》が渦巻くテント村をそそくさと歩いていると、不意にレンカたちを呼ぶ声が聞こえてきた。

「おう、ガキども。お前さんたちはまだ、袋詰めになってなかったか」

声の方に振り返ると、レンカはその仏頂面《ぶっちょうづら》をわずかに険しくする。

彼らを呼び止めた主。そこに立っていたのは——奇妙な仮面を被《かぶ》った男だった。

顔を覆うのは不気味な、ともすれば笑顔に見えなくもない意匠の金属面。長身でがっしりした体軀《たいく》を包むのは野戦服と、そして血と泥でまみれた白衣だ。

「あ、おじさん久しぶりー！　相変わらず汚い！」

「うるせぇ。そういう嬢ちゃんは少し見ない間に育ったじゃないか。どこがとは言わんが」

「お、おっさんもやっぱりそう思う？　俺もなぁ、うすうす──いってぇ！」

「……叩《たた》くよ？」

「叩《たた》いてから言うなよ⁉」

なんて、シャルやカイと和気あいあいと言葉を交わす仮面の男をじっと見つめて。

「……調律官《ウォッチャー》」

静かな声音にわずかに嫌悪《けんお》を込めて、レンカはその名を呼ぶ。

否、名というよりそれは、単なる彼の通称に過ぎないのだが。

──「調律官《ウォッチャー》」。連邦軍に所属する彼らは、基本的には医官、つまりは軍医として扱われる。

しかしながらその数は一般的な医官よりも遥《はる》かに少なく、師団あたりに二、三人が派遣される程度。その上その命令系統も各部隊からは分離されており、中央司令部からの派遣という形で動いている──きわめて特殊な立ち位置の軍人だ。

そんな彼らの仕事が何かと言えば……一般的な軍医と変わらぬ負傷者の処置が主だが、それだけではない。

調律官《ウォッチャー》。「調律」を任ぜられし者。彼らが担《にな》う、本当の役割は──つまりは戦場という舞台における、命の勘定合わせ。

つまりは死ぬべきものを殺し、生きるべきものを生かす。それを行うのが、彼らだ。

「今日は、何人送った？」

「そうだな。ひい、ふう、み……二十五人ってところか。大激戦だったみたいだな、昨日は」

声音を変えることもなく平然とそう言って、彼はやれやれと肩をすくめる。

……一般的に。戦場においては命が軽く扱われると言う者もいるが、それは違う。

包帯も、消毒薬も、抗菌薬も、輸血も。何もかもが有限な戦場においては――むしろ平和な状況下よりも厳密に命の価値が定量化され、天秤《てんびん》にかけられるもの。

ゆえに、こうした激戦区には必ず彼らが姿を現す。

「医療」という有限の資源を、正しく投入するために。重傷を負い、もはや助かる道のない者たちを――彼らは即座に選別し、致死性の薬物を投与して死に至らしめる。

より戦えるものを。生きることができるものを生かすために、死を撒《ま》き散《ち》らす。

それゆえに兵士たちは、彼らのことを畏怖と侮蔑を込めて呼ぶ。

……「死神」と。

「まあ、ともあれ。お前さんたちは相変わらずで安心したぜ。普通に軍医として面倒を見るのはいいが——お前さんたちみたいなケツの青いガキを『送る』のは、寝覚めが悪そうだからな」

そう言って鼻を鳴らす「死神」に、レンカは何も答えない。

……別に、彼自身のことを嫌っているとか、そういうわけではない。

今までにも、怪我《けが》を負うたびに彼の世話になっているのだ。どちらかと言えば恩義を感じている部分の方が大きいとすら言えるだろう。

彼の仕事についても——それがこの戦場においては必要不可欠なものだということは、分かっている。彼の調律が、救っている命があるという事実も。

……だが、それでも。

彼という在り方、そのものが。

戦場という劇場装置の歯車として回り続ける、「調律官《ウオツチヤー》」という在り方自体が——レンカにとってはどうしようもなく、嫌悪《けんお》すべきものであった。

そんな内心のせいもあり、仏頂面《ぶつちようづら》のまま押し黙るレンカ。

レンカが調律官《ウオツチヤー》に対して苦手意識を抱いていることを知っているシャルは、そんなレンカを見て落ち着かなげに何かを言いかけて——けれどそんな空気を読んでか読まずか、先にカイが声を発する。

「にしてもよー。こんだけボロ負けしてんのにまだやる気なんすかね、作戦部の連中は」

「おいおい、でかい声でンなこと言うもんじゃない。……私としても、いらん仕事を増やされるのはちょいとばかし困りものだがね。とはいえ」

言いながら血まみれの白衣の裾を軽くはたくと、彼はため息混じりにぼやく。

「戦争は、終わらん。連邦も帝政圏も、引き返せないところまで来すぎた。……あとは精々、どっちかの体力が尽きるまでの持久戦か——あるいは共倒れかのどちらかさ」

「気の長い話だぜ」

「ああ、そうとも。残念なことにな」

大仰に肩をすくめてそう告げた後、彼は懐《ふところ》から懐中時計を取り出して「時間だ」と呟《つぶや》く。

「そろそろ私は行くよ。……せいぜいお前さんたちは、これ以上私の仕事を増やさんでくれ」

振り向かずに手を振って去っていく調律官《ウォッチャー》の後ろ姿を見送った後、はぁ——とシャルがため息を吐く。

「仕事を増やすな、かぁ。……明日、どうなるのかなぁ」

そう、明日。

驚いたことにと言うべきか、あるいは呆《あき》れたことにと言うべきか。作戦部は昨日の惨状などどこ吹く風で、すでに再度の大攻勢の計画を立案していた。

人など畑から生えてくるとでも思っているのかと疑いたくなるような、無謀な作戦。

士気も物資も兵力も、何もかもが傷つきギリギリのこの状態で、一体何がどうなれば勝てるというのか。作戦部の連中の頭に鉛玉で穴を開けて中を覗《のぞ》いてみたいと思っているのは、レンカだけではないだろう。

「なーに、俺らには不死身のレンカがついてるんだ。最悪、死にはしねぇさ」

明るくそう言ってのけるカイを、レンカは呆《あき》れたように半眼で見つめる。

「不死身って、お前な。たまたま今までは、運が良かったんだ」

「なんだっていいさ、『不死身《サバイバー》』。とにかく俺は、お前の隣にいる限りは絶対死ぬ気がしねぇ。そう信じてるんだから」

……本当に、呆《あき》れたものだ。

「不死身《サバイバー》」。それは誰が言い出したかも分からない、部隊におけるレンカのあだ名だった。

どんなに劣悪な戦場でも。全滅を免《まぬが》れないはずの劣勢でも、なぜかレンカだけは切り抜けて、生き残り続ける。

それはレンカ自身の磨き上げた生存技術ゆえかもしれないし、ただ単純に、レンカ自身が言う通りに運が良かっただけかもしれない。

何にせよ——一度の出撃で八割は帰ってこない、とまで言われる少年兵たちの中で、それでもなお、レンカはまだ、こうして生きて戦っている。

それ故に、「不死身《サバイバー》」と。……恐らくは死ぬまで、そう呼ばれ続けるのだ。

カイの言葉に、レンカは肩をすくめながら頷《うなず》く。

「……まあ、精々仕事はするさ。それこそ、こんなバカげた戦いじゃ、奇跡でも起こらなきゃ勝てないだろうけど」

「もうちょい夢のあること言ってくれよレンカ……まあ、実際そうだけどよ」

度重なる攻勢で兵力も兵器も損耗し、医薬品も弾薬もそろそろ尽きかけて後がない。

……思わず笑えてくるほどに、最悪すぎる状況。だが、そんなのはいつものことでもある。

レンカが最初に銃を握った時から今まで、最悪でない戦場なんて、なかった。

だから――今回だって、やることはいつもと変わらない。

敵を殺して、仲間を守って、自分が生き残る。

たったひとかけらの小さな歯車に過ぎないレンカが考えるべきことは――それだけで、十分だ。

■

それから、次の日。

レンカたち最前線部隊はいつもどおりに日が出るより前に叩《たた》き起《お》こされ、朝食もそこそこに装備点検を終わらせると輸送車両に放り込まれる。

どうせまた普段と変わらず、威勢よくぶつかり合うのは最初だけで後は塹壕《ざんごう》の中でにらみ合いになるのが関の山なのだ。なにもこんなに急ぐこともないだろうに——と、思っても言う無謀者はいない。

せめてもの反抗とばかりに前線への移動中、車内でのブリーフィング（同じことを言うばかりで、聞くだけ無駄なのだ）の時間にたっぷり仮眠をとり。

目が覚めた頃には、眼前にはもはや見飽きた塹壕《ざんごう》地帯が広がっていた。

塹壕《ざんごう》の中を進んで、所定の配置につく。時間が来るまでは、ここで待機だ。

遠方、距離にしておよそ一キロと少ししたところには連邦軍の目指す街の姿が見える。

たった一キロ、されど一キロ。彼我《ひが》を隔てるのはただ距離だけではない。

敵と味方が掘りあった無数の塹壕《ざんごう》と、そして彼方《かなた》に並ぶのは堅牢《けんろう》な防衛陣地の数々。

コンクリート製のトーチカに野戦砲、そして「竜の歯」と呼ばれる戦車止めのブロック群が横に伸びている。……もともとは連邦軍が敷き詰めたものであったが、今ではこちらを阻《はば》む恐るべき脅威だ。

支給品の懐中時計を開く。そろそろ、時間だ。

遠鳴りのような対地砲の音を号令として、戦端が開かれる。巻き上がった土煙に隠れながら、レンカたち歩兵は一斉に塹壕《ざんごう》から身を乗り出して走り出す。

迫撃砲の着弾で生じた煙幕は敵からこちらの姿を隠す一方で、当然こちらも何も見えない。ただ闇雲に走っていると、時折耳元を風を切る音が掠《かす》めていく。続いてくぐもった悲鳴を上げて、隣を走っていた誰かが倒れる。

それは、いつもの光景。そこにもはや、何の感慨も抱きはしない。

歯車は、思考しない。ゆえにレンカという名のこの小さな小さな戦場歯車もまた、己の役割を果たすべく足を動かす。

煙が晴れて、敵の最前線が間近に迫る。驚いた顔でこちらを見る敵兵と、目が合ったような気がした。

だが、それだけだ。相手よりも早く小銃を構えて、何のためらいもなく引き金を引く。沈黙した敵兵の屍《しかばね》を踏みつけにして敵の塹壕《ざんごう》へと潜り込むと、両側から慌てた様子の敵兵がこちらへ銃口を向けようとする。が、それよりもレンカが銃剣の切っ先を喉笛に突き立てる方が早い。

レンカの開けた穴に、後続のカイとシャルが続く。そこに更になだれ込むようにして、味方の兵士たちが塹壕《ざんごう》へと踏み入ってくる。

塹壕《ざんごう》の奪取は成功。まずは、百メートルの前進だ。上出来と言えば上出来だが、この程度の前進は今までにだって何度もあったし、何度も取り返され続けてきた。

まだ、気を抜いていい局面では断じてない。それを強調するかのように、爆音が間近で轟《とどろ》く。

……敵の迫撃砲が至近で着弾したのだ。

「伏せて、レンカ！」

シャルの叫び声とともに、再び爆音。迂闊《うかつ》にも塹壕《ざんごう》から身を乗り出して次の突撃に備えていた兵士、その体が冗談みたいに四散しながら空中に巻き上げられる。

土埃《つちぼこり》が立ち込める中、後方から響く突撃ラッパの音。同時にけたたましいエンジン音と、履《り》帯《たい》の擦れ合う金属音が聞こえてきて、視界がふっと暗くなる。顔を上げると、塹壕《ざんごう》を乗り越えていく戦車の腹が見えた。

戦車を盾に、このまま前線を押し上げる算段だろう。敵側を見ると、意外にも帝軍側には戦車の姿はほとんどない。であればこちら側の戦車隊で無理矢理に押し込んでしまえば、そのまま敵を圧殺することも不可能ではあるまい。

塹壕《ざんごう》で身を潜めていた歩兵たちは、誇らしく前進する頼もしき味方の陰に隠れるようにして塹壕《ざんごう》から這《は》い出《だ》すと、進撃に加担する。

「レンカ、私たちも――」

そう言うシャルにしかし、レンカはその瞬間「いや」と呟《つぶや》く。

「何か、妙だ」

「何かって、何が？」

戸惑うシャルは足を止めてこちらを見遣《みや》り。カイもまた、塹壕《ざんごう》の中に頭を引っ込めながらこちらを一瞥《いちべつ》する。

「おいおい、この優勢の流れに乗らん手はないだろ。それにこんなところでもたついてたら、命令違反の扱いになっちまうぜ」

「ああ、けど……拙《まず》い。そんな気がする」

言葉にできない、ほぼ直感に近い着想。二人は怪訝《けげん》な顔をしながらも、けれどレンカの言うことに耳を傾ける。そうすることが、今までの戦いでも一番良い結果を導いたからだ。

そして今回も……結果として、そうなった。

前進を続けて第二目標地点、レンカたちのいる第一塹壕《ざんごう》からさらに五十メートルほど進んだ場所にある敵の塹壕《ざんごう》まで攻略を終えていた味方部隊。そこを基点に更なる前進を続けていた戦車たち――その足元が突如一斉に、爆風とともに吹き飛んだのだ。

その様子から、レンカは即座に何が起きたのかを察する。

対戦車地雷による防衛陣地。あの塹壕《ざんごう》の奥には、無数の地雷が埋蔵されていたのだ。

地雷の爆発程度で、戦車は致命傷を負いはしない。だがその足回りはその限りではない。

履帯《りたい》や転輪を破損して動けなくなった戦車隊に、敵陣に鎮座する無数の野砲たちが一斉に火を噴く。

平地を進む中戦車たちに、身を隠す遮蔽はない。なおも前進を試みようとする味方戦車たちはみるみるうちに穿《うが》たれ、燃え上がり、その数を減らしていく。

そして当然、敵の攻撃はそれだけに留まらない。砲兵による歩兵への牽制《けんせい》も続いていた。降り注ぐ榴弾《りゅうだん》に鼓膜をやられそうになりながら、レンカは周囲の状況をつぶさに観察する。いたるところで炎上する戦車の残骸。彼らを信じて前進しようとした歩兵たちは榴弾《りゅうだん》で吹き飛ばされて、すでに跡形もない。

地獄というものがあるならば、こんな場所なんだろう——ぼんやりと、そんなことを思う。

それほどまでに、救いようのない光景だった。


「おいおい、マジかよ……。何だってこんな」

「最初から、敵はこれを狙ってたんだ」

動揺するカイに、敵陣を鋭く睨《にら》みつけたままレンカはぽつりと返す。

「第一、第二塹壕《ざんごう》はどっちも、敵にとっては囮《おとり》だった。連中は最初から、俺たちをここまで引き付けるつもりだったんだ」

敷き詰められた対戦車地雷。あっけなさすぎる、第一塹壕《ざんごう》の奪取。

それらは全て、連邦軍をうまく前進させるために敷かれた動線だ。

「敵からしてみれば、この塹壕《ざんごう》は狙いやすい的だ。もともとは連中の陣地だから、自走砲の狙いだってつけやすい。……俺たちをこの塹壕《ざんごう》に押し込めて、そこで狙い撃ちにして一網打尽にする。多分それが、連中の狙いだ」

「……だとしたら、ここに詰めてた連中は捨て駒ってことか」

「そうだろうな」

「はっ。帝政圏の連中はとことん外道だな。こっちの作戦部の連中と取り替えてほしいぜ」

乾いた笑いを零《こぼ》しながらそう呟《つぶや》くカイに代わって、シャルが小さく手を挙げる。

「……ねえねえ。だとしたら私たち、ひょっとしなくてもすっごくピンチなんじゃ？」

「ああ」

進めば敵の大歓迎を受けるし、かといってここに留まっていてもいずれは榴弾《りゅうだん》で蒸し焼きにされる。戻れば敵前逃亡と見做《みな》されて、最悪味方から撃たれかねない。

であれば。

「進むしか、ない」

「ま、そうなるか」

レンカの返答に、肩をすくめて呟《つぶや》くカイ。シャルもまた同じく頷《うなず》いて、

「ちょっと他の隊の人たちにも伝えてくる！　攻撃のタイミングは？」

「俺たちが飛び出したら」

「おっけ！」

そう言うや塹壕《ざんごう》の中に残っている他の兵士たちの元へと駆けていく。

そんな彼女の背を見送りながら、レンカは考える。

次の塹壕《ざんごう》——第三塹壕《ざんごう》と仮称すると、そこまでの距離はやや長くここから百メートル程度。

道中に地雷の不安はあるが、味方戦車が踏んでいった轍《わだち》を追っていけば恐らくは問題ない。

あとはこちらの味方が協同して突撃してくれれば、生き残る目はなくはない。

……もっとも、一番死ぬ確率が低い自殺方法を選んでいるようなものでしかないが。

「みんなも乗ってくれるって！」

「そうか。ありがとう、シャル」

息を切らして戻ってきたシャルにそう返すと、レンカは小銃の背を軽く額に押し当てて、長く息を吐く。

恐れているわけではない。今までだってこんなことは何度だってあったし、それに——たとえしくじったとしても、死ぬだけだ。

今はただ、やるべきことを、やるだけ。ひとつの小さな歯車として、正確に刻み続けるだけ。

そう思考を単純化させて、余計な雑念の一切を排除しながら、レンカはもう一度息を吐く。

……驚いたことに、吐いた息は真冬みたいに真っ白だった。

いや、それだけではない。視界の端に、気付けばちらちらと白いものが舞うのが見える。

我に返ってふと、空を見上げると――

……雪が、降っていた。

「……雪?」

今はもう、四月だ。確かにこの辺りは北部で、どちらかと言えば冷涼な地域ではあるけれど――それでもこの時期に雪が降るなんて話は聞いたことがない。

だというのに、空はいつの間にか濁った曇天で覆われていて。顔を出しかけていた朝日は再び頭を引っ込めて、夜みたいに薄暗い。

ぶるぶると、銃を握る手がかじかんで震えている。寒い。野戦服一枚では凍えそうだ。

その異様な状況に、周りの兵士たちも戸惑いをあらわにし始める。

そしてそんな中――声を上げたのは、双眼鏡で戦場を見回していたシャルだった。

「レンカ! 見て、あれ……!」

彼女の双眼鏡を借りて、指さした方を見る。そこに映り込んでいたものに、レンカは思わず、己の目を疑う。

舞い降る氷華の、その只中《ただなか》。

破損して放棄された戦車の上に──女の子が一人、立っていた。

綺麗《きれい》な、少女だった。

透明感のある白い肌に、半ばほどまで色が抜け落ちた、み空色の不思議な色合いの長い髪。年の頃で言えばレンカとそう変わらないだろう。シャルほどではないにしろ女性的な凹凸のある体軀《たいく》を包むのは、しかし濃紺を基調とした連邦軍装。武器の類は、右手に下げた儀典用の軍刀が一振りだけだ。

いまだ銃弾が飛び交う荒野。少女はけれどそんな周囲の地獄みたいな光景にまるで動じたふうもなく、辺りを俯瞰《ふかん》しているようだった。

そんな彼女の存在に、味方も──そして敵もまた、動揺していたのか。戦場はいっときだけ、凍りついたように静まり返る。

まるで歯車に異物が挟まりこんだようなその有様に、その現実感のない光景に、レンカを始め誰もが目を奪われて。

だからだろうか。

──不意に彼女と、目が合った。

その髪の色よりも少し深い、蒼色《あおいろ》の瞳。戦場を睥睨《へいげい》するふたつの蒼《あお》が、レンカの視線とほんの一瞬だけ交錯して。

けれどレンカがその人形じみた端正な顔立ちに見惚《みと》れたのは、ほんのわずかな瞬間だった。

……敵陣から放たれた迫撃砲弾。その無慈悲な一撃が少女もろとも地面を吹き飛ばして、その姿を覆い潰してしまったからだ。

……直撃だ。恐らく、死体すら残っていないだろう。

誰もがそう確認して、ほんのわずかに落胆と、そして呆《あき》れ混《ま》じりのため息を吐いて……けれど。

巻き上がった土煙が晴れてみるとそこには――大きく抉《えぐ》れたクレーターの中央に佇《たたず》む、まるで無傷の少女の姿があった。

肩についた土煤《つちすす》を軽く手で払った後、彼女はその右手に鞘《さや》ごと提げていた軍刀をまるで魔法の杖《つえ》かなにかのようにかざして、敵陣へと向ける。

その異様な挙動を前に、敵も何か、ただならぬものを感じたのか。塹壕《ざんごう》に潜んでいた兵士たちから、少女めがけて無数の弾丸が放たれる。

けれどそれらが、少女を穿《うが》つことはない。

そのどれもが、彼女の体に当たる前に、虚空《こくう》で止まっていたのだ。

ライフル弾だけではない。重機関銃による斉射も、どころか対戦車砲の砲撃すら。そのどれもが彼女の前で「止まって」、そのまま運動エネルギーを失ったようにぽとりと地に落ちる。

その様相に面食らったのか、敵の火力攻勢はそこで止まり——すると今度はこちらの番とばかりに、少女は掲げていた軍刀を横薙《よこな》ぎに振るう。

……次の瞬間。

み空色の彼女の瞳が淡く輝いて。刹那、彼女の足元を起点として——凄《すさ》まじい速度で、真っ白い何かが広がり始める。

みるみるうちに地表を白く染める侵食。それは、霜の柱だった。

その白はまるで意思を持つかのように真《ま》っ直《す》ぐに敵陣へと伸びていき、塹壕《ざんごう》を、砲門を、トーチカを、停車していた戦車群をあっという間に丸呑《まるの》みにする。

ものの数十秒だろうか。気付いた頃には少女の正面、市街の正面部分に展開していたはずの敵戦力の全てが、その動きを止めていた。

凍りついたように、ではなく、凍りついていたのだ——文字通りに。

白く染まった敵陣を前に呆然《ぼうぜん》としていると、突撃ラッパが鳴り響く。

塹壕《ざんごう》に身を隠していた兵士たちが一斉に蜂起して駆け出すが、敵にはそれを御す力はもはやない。

かくして、微動だにしなかった戦線を押し上げて市街地になだれ込んだ連邦軍に、帝軍は抵抗することなく降伏。

無限に続くかと思われた戦いは——しかしこの日。

たった一人の少女の存在をきっかけにあっさりと、終結を迎えることとなった。

◆現在。一九四三年二月十二日九時二十八分、レヴァン平原にて。

塹壕跡《ざんごう》が無数に残る平原を歩きながら、火傷《やけど》痕の軍人はふと、そのうちのひとつで立ち止まった。

「この辺りですね。当時の連邦側の、最前線の塹壕《ざんごう》は」

一体何があったのか、半ばほどまでが土で埋もれ、壁面の補強も大半が崩落しているその塹《ざん》壕《ごう》をどこか懐《なつ》かしげに見つめた後、彼はそこから数歩だけ進んで、

「丁度、このくらいです。……あのひと月の間で押し上げられた、前線は」

頰の火傷《やけど》のせいか、引きつった笑みを浮かべながら彼は言う。

「レヴァン平原の塹壕戦《ざんごうせん》。レニンベルク市の奪還を命じられた私たちがここで戦っていたのはおよそひと月ほど。……公式記録によればその間の連邦側の戦死者は六六四名、行方不明が三五八名、そして負傷者が重軽傷を総合して七九一名。その結果が、これでした」

距離にしてたったの、二メートル程度。

何百もの命を積み重ねて辿《たど》り着《つ》いたのが、たったの二メートル。

その事実にぞっと身をこわばらせる私をよそに、彼は曇天の空を見上げながら淡々と続ける。

「戦いは終わらないと、私も——恐らく他の兵士たちも、皆がそう思っていた。私たちはこの

数歩をずっと一進一退して、そのうちにきっと、誰もいなくなるんだろうと、そう思っていた。

……あの時、雪が降るまでは」

「雪……？」

どこか突拍子もないその言葉に首を傾《かし》げる私に、軍人は空を見上げたまま、呟《つぶや》く。

「いきなり降り始めて、何もかもを覆い尽くして、何もかもを凍らせた——真っ白な雪。……

『彼女』の存在は、戦場という舞台装置そのものを氷漬けにしてしまったんです」

「彼、女……」

「貴方《あなた》が知りたがっているものです。凍りついた戦場に突然現れた『彼女』のことを、私たちはこう呼んでいました」

彼の言葉をそのまま繰り返した私に、彼はゆるりと頷《うなず》いて、底冷えのする声で告げる。

「全てを凍《い》てつかせる、少女の形をした死神——『氷棺《ひつぎ》の聖女』と」

■2——一九三九年四月。彼女は、『氷棺《ひつぎ》の聖女』と呼ばれた。

市街地の制圧が完了して前線拠点の移設が完了したのは、あの戦闘の翌日のことだった。

市街中央部の立派な役所施設に暫定司令部が置かれ、幕僚用の宿舎などもテントではなく、いくつかの施設を接収する形で賄われた。

市内に展開していた帝軍部隊の規模は巨大であったものの、どうやらあの一戦での損耗が決定的であった様子。武装解除に応じた彼らの収容を完了すると、レンカたち第八十四師団第九機械化歩兵大隊はその役割をひとまず終えることとなる。

作戦部による分析の結果、レニンベルクに配置されていた部隊がこの一帯の中枢戦力であり、直近で脅威となりうる部隊の配置はどうやらないとのこと。

つまり、最低限の警戒は維持すれど——当面の間は、この一帯で戦闘が発生する可能性は低いというのが、作戦部の見立てであった。

……かくして、銃弾と砲火に見舞われることのない一日。そのひとときの平穏に弛緩《しかん》した兵士たちが求めたのは、暇をつぶすための噂話《うわさばなし》。

つまりは——あの時戦場に現れた、あの少女。

「聖女」と呼ばれる彼女についての、根も葉もない持論のばら撒《ま》き合《あ》いであった。

「で、レンカはどう思う？」

その日の昼。市内の食堂で振る舞われた料理に舌鼓《したつづみ》を打ちながら——熱を帯びた口調で口火を切ったのは、カイだった。

久々のまともな食事を前にして黙々と並んだソーセージをかじっていたレンカは、そんな彼を少しばかり鬱陶《うっとう》しげに見返し呟《つぶや》く。

「……どうって、何が」

「何がって、決まってるだろ。アレだよアレ、例の『聖女サマ』のこと。……皆すっげぇ噂《うわさ》してるだろ！」

「そうだな」

「ノリ悪っ！」

信じられない、といった顔で大仰にのけぞってみせるカイ。はしゃぎすぎだと思ったが、とはいえ周りの連中も皆似たようなものではあった。

まだ真っ昼間だというのに、飲めや歌えやの大騒ぎ。さながら宴会である。

これまでの連日の塹壕戦《ざんごうせん》で疲弊していた分、作戦部が新たなプランを立案するまでは羽目を外したい……というのもあるだろうが、それだけでもない。

兵士たちがこうして馬鹿騒ぎに興じているのは――そう、確かにあの「聖女」の存在ゆえなのだ。

「聖女」。

あの戦闘の後、集められた兵卒たちを前に大隊指揮官どの直々にお披露目された彼女は、そう呼ばれていた。

細々とした話は、正直半分くらい寝ていたからよく覚えていないけれど。ともあれ大摑《おおづか》みなところはこうだ。

彼女は、連邦を救うために神によって選ばれ、力を授けられた偉大な存在であり。

そんな彼女が増援として来た以上、もう我々に敗北はないのだ――とか。

……阿呆《あほ》くさい話だ。戦場ノイローゼで頭をやられたのかと思ったが、しかし大隊指揮官どのの後ろに整列していた将校連中もしたり顔でうんうん頷《うなず》いていたところを見るに、そうでもないらしい。

ともあれ、そんなインパクト満載のお披露目もあって、しばらくの暇を得た兵士たちの格好の噂《うわさ》の的となった彼女。

そしてどうやら、目の前にいるこの愛すべき仲間もまた、彼女についての考察に夢中になっているうちの一人であるらしい。

「……レンカも見てただろ、あの子が軍刀を振ったら雪が降り始めて……帝政圏の戦車とかが、魔法みたいに凍りついてよ。すっげーよな、アレ。まるで魔法じゃん」

熱を帯びた口調でそう話すカイにレンカは「そうだな」と気のない相槌《あいづち》を打ちつつ、しかし内心では確かに、と頷《うなず》く。

魔法。それは言い得て妙だった。

魔法の杖《つえ》を一振りしただけで雪を降らせ、居並ぶ敵を氷漬けにしてしまう――そんな、およそ信じられない超常の現象。

……あるいは「聖女」という呼び名に倣《なら》うならば、「秘蹟《ひせき》」とでも言ったところか。

あの光景を思い返しながら、レンカはぽつりと呟《つぶや》く。

「……何だったんだろうな、あれは」

そんなレンカの言葉に反応して、カイはもっともらしげに腕を組んで続けた。

「そう、その話題で皆今、もちきりなわけよ。本当に聖女サマの起こした秘蹟《ひせき》だーとか信じてる奴《やつ》もいるけど、俺の仮説では違うね。アレは多分、連邦の新兵器だな。あの子がやってるように演出して、雪を降らせる天候兵器を使ったんだ」

自信満々に答えるカイに、レンカは呆《あき》れ混《ま》じりに返す。

「天候兵器って、娯楽小説《ダイムノヴェル》じゃあるまいし」

「んだよ。じゃあ本当にあの子がとんでもない超能力で敵を氷漬けにしたってことか？」

「……それもありえないな」

「だろー」

「聖女」と呼ばれた少女。彼女が自らの力で敵を撃滅した、というのはあまりに突飛な考えだし、実際そんなことはありえないだろう。

……だが、それでも。あの戦場で、敵と向かい合って立っていたのは、彼女だった。

単なる偶像に過ぎずとも、銃弾が、砲火が降り注ぐ中で、彼女はそこにいた。

それは――その事実だけでも、とんでもないことだ。


「『聖女』がどうとか、面白い話をしてるじゃないか。私も混ぜてくれたまえよ」

不意に低い声がして隣を見ると、いつの間にそこに座っていたのか、調律官《ウォッチャー》が隣でパンをかじっていた。

食事中だからか、仮面の下半分はずらされていて、無精髭《ぶしょうひげ》の伸びた口元が見えている。

「ウォッチャー。あんた、あの子のことを知っているのか」

「いんや、あの子のことは知らん。が、『聖女』って名前には聞き覚えがある」

「……なんなんだ、『聖女』って」

そんなレンカの質問に、調律官《ウォッチャー》はんー、と微妙な声を漏らした後で続けた。

「最近流行《はや》り出した戦場伝説のひとつさ。帝政圏の侵略から祖国を守るため、神様から秘蹟《ひせき》を授けられた麗《うるわ》しの少女たち。彼女たちが現れた戦場に敗北はなく、その秘蹟《ひせき》の御業《みわざ》によって、彼女たちはたちどころに敵軍を薙《な》ぎ払《はら》う——ってな。新聞や官報にまで露出してる有名な話なんだが、最前線のお前さんたちじゃ知らんのも無理はないか」

そう言う調律官《ウォッチャー》に頷《うなず》いて。するとカイが身を乗り出しながら質問を投げかける。

「なあなあ、知ってるなら教えてくれよおっさん。なんなんだあの子、っていうかあの力。いきなり雪降らせたかと思ったら敵をまるごと氷漬けにしちまうなんて、ありゃあ何の冗談なんだ？」

「秘蹟《ひせき》だよ。我らが連邦を守るために神様から授かった、尊い御業《みわざ》さ。官報にはそう書いてある」

「嘘《うそ》くせー」

「そういうこと言うなよ。捕まるぞ」

唇を尖《とが》らせるカイを呆《あき》れ混《ま》じりになだめながら、調律官《ウォッチャー》は手元に残ったパンのひとかけらを口に放り込む。そんな二人の横で、しばらく黙っていたシャルも口を開いた。

「……にしても、すっごい可愛《かわい》かったなぁ、あの子。なんか不思議な髪の色してたけど……でもなんていうのかな。可憐《かれん》、っていうか、守りたい感じ、っていうか。そんな感じだったよね」

こんなむさ苦しい最前線で自分と同じ年頃の、しかも同性の人間を見たからか。珍しくはしゃいで目を輝かせるシャルに、カイもまた、スープにパンをびたびたに浸しながら大きく頷《うなず》く。育ちは良いはずなのに、行儀が悪い。

「それな。なんつーの、まさに深窓の令嬢ってやつ？　そんな感じだ。まあ我らがシャル隊員も、胸部装甲の戦闘能力じゃ勝って──あっおい俺の肉取んな！」

「あんたみたいにやらしいこと考えてる奴《やつ》にタンパク質あげても無駄遣いするだけよ」

カイから奪い取った鳥の香草焼きをかじりながら冷たく言い放って、それから彼女は再びレンカへと向き直る。

「ねえ、レンカもあの子のこと、可愛《かわい》いって思うよね？」

なぜ俺にそんな話を振る。そう思いながらも、レンカは正直に頷《うなず》きながら、

「……まあ。でも俺は、シャルのことも守りたいって思うよ」

思ったままにそう返すと──彼女は急に白い頬を真っ赤に染め上げて、石になったみたいに硬直したかと思いきや、

「……え、ふぇ、ふーん、そう。そうなんだ、レンカ、そっか、ふ、ふふふ」

急に頬を緩めて、何やら納得したようにうんうんと一人頷《うなず》き続ける。

……たまにこういうことがあるのだが、理由はよく分からない。「女心は難しいんだぜ」とはカイの言だったが、全くその通りだ。

「まあ、でも。いくら可愛《かわい》くても、あんまりお近づきにはなりたくないね」

フォークに突き刺したソーセージをくるくる回しながら（行儀が悪い）そう呟《つぶや》くカイを、シャルは物珍しげに見つめる。

「珍しい。カイの頭の中なんて女の子のことが九割くらいだと思ってたのに」

「それは否定しない」

「しないのか」

おうとも、と胸を張りながら、カイはソーセージをいい音を立ててかじりながら続ける。

「外見は満点だが、流石《さすが》に俺も氷漬けになりたくはないからな。あんなおっかないのの隣にいるなんて、まっぴら御免だぜ」

「ま、それがいいさ」

冗談めかして返すカイの言に、調律官《ウォッチャー》も皮肉げな笑みを浮かべて肩をすくめてみせる。

「『聖女』は今や、連邦のプロパガンダ戦略の中心だ。……そんなつもりもないとは思うが、あんまり関わり合いにならん方がいい」

そう言って再び、他愛のない雑談へと戻る彼ら。

そんな彼らをよそに、レンカはぼんやりと考える。

たった一人、戦場に立っていた――レンカたちとほとんど歳も変わらないであろう、あの少女。

名前も知らないあの、「聖女」のことを。

■

その日の晩のこと。

レンカは一人、街外れにある廃教会へ見回りに訪れていた。

本来ならば巡回は三人一組で行うよう言われているのだが——どうせ、なにか異状が見つかることなどまずない。そのため実際は、こうして三人で各区画を分担して終わらせるのが通例になっていた。

無論レンカたちも、ご多分に漏れず。制圧を終えて、隅から隅までクリアリングを完了したばかりの街である。今更何かが見つかるとも思えないため、早々に済ませて寝てしまおう——そんな思いから、カンテラで照らしながら足早に教会の敷地《しきち》内《ない》へと入っていく。

教会の木扉は見るも無残に打ち壊されていて、石造りの壁面には無数の弾痕が刻まれている。恐らくは、かつてこの街に帝軍が侵攻してきた際の交戦の痕跡だろう。

一応は中まで見ておくか——と壊れかけの扉を押して、内部へと足を踏み入れる。

照明など何ひとつない、真っ暗な礼拝堂。

けれど最奥《さいおう》にはめ込まれた割れたステンドグラス、そこから差し込む青々とした月の光が、内部を包む暗闇をいくぶんか押しのけていた。

腕を掲げて中をぐるりと照らして、レンカは小さく肩をすくめる。異状なし。

夜だからだろうか、なんだかひときわ、寒気がする。野戦服一枚で出てきてしまったことを少しばかり後悔しながら、足早に踵《きびす》を返そうとして——と、その時のことであった。

ふと、何か妙な音が耳に届いて、レンカは足を止める。

よく耳を澄ますとそれは——人の息遣いのような、かすかな吐息。

「……何だ？」

こんな夜中に、こんな廃墟《はいきよ》に、一体誰がいるというのか。少なくとも、マトモな身の上の者ではないだろう。

右手で小銃を構えながら、レンカは左手でカンテラを掲げて再び辺りを見回しつつ耳を澄ます。

やはり、かすかな荒い呼吸が聞こえる。よく聞いてみると、どうやらそれは礼拝堂の奥——横倒しになった大きな木製の祭壇の、その物陰から聞こえてくるようだった。

「誰か、そこにいるのか」

返事は、ない。

カンテラで奥を照らすと、レンカはそこで、奇妙なことに気付く。

先ほどまでは暗闇に包まれていて、気付かなかったが――礼拝堂の奥、倒れた祭壇のその周囲。

……あろうことかそこには、びっしりと霜が降りていたのだ。


「……なんだ、これは」

思わず息を呑《の》みながら、小銃を構えたまま祭壇へと近づく。

ぱきり、ぱきりと霜を踏む足音が響いて。レンカはいよいよ、意を決して祭壇の奥を覗《のぞ》き込《こ》む。

まるで絨毯《じゅうたん》のように敷かれた真っ白な霜の、その中央。

そこにいたのは。否、正しくは――倒れていたのは、一人の少女。

半ばまで色素の抜け落ちたみ空色の髪に、濃紺の連邦軍装を纏《まと》ったその姿は――「聖女」と呼ばれていたあの少女であった。


「……う、あ……っ」

レンカの手の明かりが、少女の姿を照らし出す。荒い息を漏らしながら、身じろぎする少女。

右腕を押さえながら苦悶《くもん》の表情を浮かべている彼女に、レンカは思わず言葉を失って——けれどすぐにはっと我に返ると、小銃を肩に担《かつ》ぎ直して彼女の方へと駆け寄る。

彼女の体を抱き起こそうとして——するとどうしたことか、彼女に触れたレンカの手袋もまた、またたく間に白い霜に覆われる。

それはまるで、あの戦闘で彼女と相対した敵たちのような。

指先を包む冷気に思わずぞっとしない想像を掻《か》き立《た》てられそうになりながら——けれどレンカは構わず、彼女を抱き起こして声を掛ける。

「おい、どうしたんだ。どこか痛いのか」

返事はない。ただ脂汗を浮かべ続ける少女の額に、レンカは半ばまで凍りついた手袋を脱ぎ捨てて触れてみる。

周りの冷気が嘘《うそ》のように、そこだけが恐ろしく熱い。

ただならぬ少女の様子に息を呑《の》むレンカ。すると——少女が朦朧《もうろう》とした顔でその目を開いた。

「……って」

消え入りそうな声で、レンカに向かって何かを告げる彼女。

「何だって？　よく聞こえない！」

「……と、って。あれを——」

そう言いながら、少女が指し示したのは少し遠くの床。見れば板張りのそこは、ひび割れて穴が開いている。

彼女を床に横たえて、カンテラで床板の隙間を照らしてみると、その底に銀色に光る何かが落ちているのが見える。

手を伸ばして拾い上げると――それはどうやら、金属製の注射シリンジ。押し込むことで一体化した針が飛び出して薬液が注入されるタイプのものだ。

何だ、これは？　疑問を覚えつつもそれを少女に見せると、彼女は震える指で、己の右腕を指し示して告げる。

「お願い、それを、」

それ以上は言葉を発するのも辛《つら》いのか、再び呼吸を荒げる少女。恐らくは、この注射器を使えと――そういうことなのか。だとすれば彼女はひょっとしたら何か、病気を抱えているのかもしれない。

戸惑いを感じながらも意を決して、レンカは少女の右腕の袖を捲《まく》り上《あ》げる。

すると――そこにあったものを見て、レンカは思わず目を見開いた。

……少女の、右腕。真っ白な彼女の肌はしかし、肘から先だけが真っ黒に変色していたのだ。

黒化した腕を摑《つか》んだまま、レンカは思わず硬直する。よくよく見ればその黒色の辺縁は、生き物のように拍動しているようにすら見えた。

「おね、がい……」

懇願するような少女の声に、レンカははっとして手元の注射器を握り直すとその先端を彼女の右腕に押し込む。

するとものの数秒もしないうちに、少女の右腕はその本来の色を取り戻して――苦痛に歪《ゆが》んでいた彼女の顔からも、脂汗がすっと引く。

どうやら、なんとかなったらしい。思わず安堵《あんど》の息を吐き出した後、レンカは少しばかり冷静さを取り戻して眼の前の少女を見つめる。

呼吸も安定した様子ではあるものの、まだぐったりとしている彼女。誰か、助けを呼ぶべきだろう。そう思って立ち上がろうとすると――そんなレンカのズボンの裾を、少女の手がきゅっと掴《つか》む。

「……誰も、呼ばないで」

「何言ってるんだ。そんなに具合が悪そうなんだ、誰か助けを……」

「だめ。そんなことをしたら貴方が、殺されちゃう」

「……え？」

何をバカなことを。そう言いかけて、しかしレンカは言い返せずに固まる。

……少女の手に掴《つか》まれた場所に、真っ白な霜がこびりついていた。

「行って」

そう告げる少女の言葉は静かで。けれど氷のように、冷たい。

今までいかな戦場でも感じたことのないほどの悪寒《おかん》が、背筋を駆け上がる。

……寒さのせいだけではない、それは――恐怖だった。

反射的に一歩後ろへと退いて、けれどレンカはもう一度だけ、少女を見て口を開く。

「わかった。あんたの言う通りにする。けどひとつだけ、言わせてくれ」

カンテラの持ち手をぎゅっと握りながら、震えを押し殺して。

「……ありがとう。あんたのおかげで俺たちは、死なずに済んだ」

それは、一昨日からずっとくすぶり続けていた言葉。

あの戦場舞台の上で。矢面に立ってたった一人、敵と相対していたこの少女に――レンカはどうしても、それだけ伝えたかった。

レンカの告げた言葉に、少女はその氷のような双眸《そうぼう》を少しだけ見開いて。それからわずかに口元に笑みを浮かべると、小さく頷《うなず》く。

「そっか」

雪の隙間から芽吹くつぼみのような、その笑顔に。レンカは己の故郷で愛されている、とある花の名を思い出す。

幼い頃に死んだ母がよく言っていた、春の花。

見たことはないけれど――それはきっと、こんなふうに咲くんだろうなと思った。

――。

その翌日。

「レンカー。もうレンカってばー、おきてよー！」

教会にいた少女と別れて何事もなかったように見回りを終え、兵舎代わりのテントで仮眠をとっていたレンカを起こしたのはそんな、聞き覚えのある声だった。

声の主は、目を開けずとも分かる。……シャルだろう。朝っぱらだというのに元気なことだ。

「おーきーてーったらー！　もー、ほんとにレンカは寝起き悪いなぁ！」

言いながら強引に揺さぶられて、レンカは観念してぼんやりと上体を起こす。

「……どうしたんだよ、シャル。そんなに慌てて」

「いやもう起床時点呼ギリギリの時間だからね？　……じゃなくて、そうじゃなくて、そう！　大変なの！　大変なのレンカ！」

「大変って、何が」

「いいから、早く起きて！」

有無を言わせず手を引いてくるシャルに、レンカはしかし薄いよれよれの掛毛布を被《かぶ》ったまま、その場を動こうとしない。

「ちょっと待て」

「待てって、そんなこと言ってる場合じゃないよ！　ほら毛布なんか被《かぶ》ってないで！」

「あ、おい」

制止も待たずに掛毛布を引《ひ》っ剝《ぺ》がされて、すると彼女はこちらを凝視したまま硬直する。

……もう四月に入って、気温も過ごしやすくなったこの頃である。昨晩は歩き回って疲れていたせいもあって、レンカは着ていた野戦服の類を脱ぎ捨てたままで毛布を被《かぶ》り、そのまま泥のように眠っていた。

まあ、要するに。簡単に言えば今の格好はというと上はタンクトップに下はパンツ一丁という、きわめて過ごしやすいスタイルなのだ。

「……だから待てって言ったのに」

無言になったシャルがテントの外に出ていくのを見届けながら、レンカはそそくさと野戦服を着て外に出る。

どうしたことか妙に騒がしい。こんなしがない兵卒用のテント前に、異様なまでに人だかりができている。

何事か、と思いながら人混みをかき分けて前に出てみると――そこでレンカは、凍りついたみたいに思わず硬直する。

人だかりの中央、ぽっかりと空いたその空間に立っていた人物に、見覚えがあったからだ。

……いや、遠回しな言い方だ。見覚えも何もあるか。

青と白とのまだら色の髪が嫌でも記憶に残る、軍服姿の少女――そこに立っていたのはあの、「聖女」だった。

「――あ」

彼女と、目が合った。気のせいだろうと思って目を逸《そ》らそうとするがしかし、明らかに彼女はこちらをじいっと見つめて――

「ねえ、貴方《あなた》。そこのちっちゃい貴方《あなた》！」

こちらを見ながら彼女がそう声を上げた瞬間、周りからさっと人が引いてレンカだけが取り残される。……どういう意味かと連中に問いただしたい気持ちはあったが、しかしそれどころではなかった。

まっすぐにレンカめがけて近付いてくる「聖女」。蛇に睨《にら》まれた蛙《かえる》みたいに固まったままのレンカの目の前に立つと――彼女は何を思ったか、レンカの手をぎゅっと摑《つか》んで告げる。

「やっと見つけた。貴方《あなた》に用があるの」

「用？　……何だって、そんな。人違いじゃないのか」

「そんなことないわ。昨日の夜のこと、貴方《あなた》だって覚えてるでしょう？」

彼女がそう言った瞬間、周りがどっと沸き立つ。昨日の夜、というのを何か短絡的に、かつ悪意的に誤解してくれたらしい。

「夜……夜って、ひょっとして今朝ねぼすけだったのって、もしかして」

何やら致命的な早合点《はやがてん》をして顔を真っ赤にしているシャルの誤解を解きたかったが、しかしそんなレンカの思惑など無視して「聖女」は言う。

「ともかく、私と一緒に来て。私――貴方《あなた》と、お話がしてみたいの」

周りから聞こえてくるのは「男見せろ」だの「色男」だのといった下卑た野次。頼りのシャルも、何やらパニックに陥っていて話が通じそうにない。

……どうやらこの状況。ついていく他、レンカに選択肢はなさそうだった。

■

半ば強引に手を引かれて行った先は、昨晩と同じあの、街外れの廃教会だった。

最奥《さいおう》の割れたステンドグラスの下、倒れたままの祭壇の上に腰掛けて一息つき始める聖女に、レンカはややあってから声を掛ける。

「……おい」

「うん？　……そんなとこ立ちっぱなしで、疲れない？」

「お前な」

きょとんとした様子でこちらを見て首をかしげる彼女に呆《あき》れ混《ま》じりのため息を吐きながら、レンカは続ける。

「何でこんなところに、俺を連れてきた」

「ああ、昨日お散歩してて見つけたんだよね、ここ。静かだし、誰もこないし、綺麗《きれい》だし、いいところでしょ？」

「そういうことじゃない。何で俺を連れてきたのかって訊《き》いてるんだ」

レンカの繰り返しの質問に、彼女は「ああ」と声を漏らす。

「そんなの決まってるじゃない。……貴方《あなた》が、私のことを知ってしまったからよ」

何気ない調子でそう返した彼女に、レンカはしかし全身に緊張を滾《たぎ》らせながら、慎重に言葉を選んで返す。

「確かに、あんたのことは知ってる。……『聖女』。とんでもない力を使って、あんたは俺たちを助けてくれた。でも――俺が知ってるのは、それだけだ」

「そうかもね。けど、貴方《あなた》は見てしまった。昨日、ここで倒れてた、私を」

氷のように冷たい彼女の声に、レンカは息を呑《の》む。

頭をよぎったのは「関わり合いにならないほうが良い」というあの調律官《ウォッチャー》の言葉。そして昨晩に感じたあの、凍《い》てつくような冷気。

「ねえ、貴方《あなた》」

何かがやばい、と、戦場で培《つちか》った直感が警鐘を鳴らす。けれどその前に、聖女はその群青《ぐんじょう》色《いろ》の瞳でレンカを見つめながら――

「お願い。しばらく私の、話し相手になってほしいの」

と。その整った顔に花の咲くような華やかな笑みを浮かべながら、そんなことをのたまったのである。

「……は？」

彼女の口から飛び出たその言葉を、最初レンカは、聞き間違いだと思った。

彼女が言うべき言葉は、そんなものではなかったはず。「秘密を知ったな、ここで死ね」――とでも言われるものと思って覚悟を決めていたのに、彼女は今、なんと言った？

「ねえねえ、おーい。貴方《あなた》、聞いてる？」

間近で聞こえたそんな声にはっと前を見ると、いつの間にか額がくっつきそうな距離に、人形みたいに整った顔があった。

温かな吐息を鼻の頭に感じて、レンカは慌てて後ろに飛《と》び退《すさ》って思わず狼狽《ろうばい》する。

「……顔が近い」

「だって返事してくれないんだもの」

唇を尖《とが》らせてそう返した彼女に、レンカはどうにか平静を繕いながら仏頂面《ぶっちょうづら》で口を開く。

「……話の流れが、まるでわからない。どうしてそうなる」

「暇なのよ。出撃の命令が出ない時はなーんにもやることないし、かといって人の多いところは行っちゃダメって言われるし」

「暇つぶしに巻き込むな。俺はあんたと違って暇じゃない」

「作戦部がまた何か思いつくまでは、暇でしょう。私も貴方《あなた》も」

ああ言えばこう言う。だが実際のところその通りでもあったので、何も言い返せない。

だが兎《と》にも角《かく》にも、やめたほうがいいと。レンカの直感がただそれだけは、声高に主張を続けていた。

昨晩のことを思い出す。「逃げないと、殺される」と、彼女はそう言っていた。

どういうことなのかは分からない。けれど少なくともあれは、嘘《うそ》をついているようには見えなかった。

これ以上、彼女に深入りすることなくどうにか断らなければ。そう思いながら、レンカは言葉を巡らせる。

「……だいたい、何で俺なんだ」

そう問うたレンカに、彼女は再び祭壇の上に座りながら、猫のしっぽみたいに足を遊ばせて小さくため息をつく。

「普段、周りにいるのって大人の人ばっかりだから、つまらないのよね。何か言ってもろくに相手してくれないし。……だからと思って抜け出して、誰かお相手してくれる人はいないかなーって思っても、みーんな私の顔を見ると逃げ出しちゃうし」

それは、そうだろう。なにせあんな光景を目の当たりにした直後なのだ。

中央司令部が送りつけてきた、得体の知れない増援。しかも常識の範疇《はんちゅう》をはるかに超えた、わけの分からない力を持っているかもしれないときた。

……興味本位で遠巻きから眺めることはあれど、巻き込まれたいとは思うまい。

そう思って、けれど、そんなレンカに彼女は言う。

「けど、貴方《あなた》は違った」

「……何？」

真っ黒なレンカの瞳と、真っ青な少女の瞳とが、交錯して。

「昨日、貴方《あなた》は私に、お礼を言ってくれた。……私、びっくりしちゃった。こんなことを言ってくれる人がいるんだなって。だから」

真剣な表情で、彼女はレンカをじっと見て、続ける。

「だから──貴方《あなた》なの。そんな貴方《あなた》だから、私はお話をしてみたいなって思ったの。……イヤ、かな」

答えないレンカを前にして、だんだんと花がしおれるように、不安げな顔になる彼女。そんな彼女を前にレンカはただ、口をつぐむ。

彼女のその思いは、少なからずレンカも理解できてしまった。

物心ついた時から銃を握り続けてきたレンカもまた、誰とも言葉や心を通わすことなく、ずっと過ごしてきたからだ。

……そして、だからこそ分かるのだ。シャルや、カイ。彼らのように同じ場所に立っている存在というのが、どれだけ心の支えになるか。

そんなレンカだからこそ——目の前の少女が垣間見せたわずかな寂寥《せきりょう》を、理解できてしまったのだ。

——だから。

「……ああ、わかった。わかったよ」

不安でいっぱいの顔でいた少女にそう返して、レンカは頷《うなず》いてみせる。

「あんたの暇つぶしに、付き合ってやる。けど、俺の時間のある時だけだからな」

ぶっきらぼうにそう告げると、彼女は二、三度まばたきをして。

それから再びその顔に笑みを咲かせるや——いきなりレンカの手をぎゅっと握りしめる。

「やったぁ、ありがとう、ちびっちゃい兵隊くん！」

少しひんやりとして、けれど温かくて柔らかい感触。指先を伝わってくるその体温に思考をかき乱されそうになりながらも、レンカはどうにか平静を取り繕って無愛想に呟《つぶや》く。

「……そういう呼び方をされると、やる気なくすぞ」

「えへへ、ごめんごめん。でもそれじゃあ、貴方《あなた》のことはどうやって呼べばいいの？」

「……レンカ。レンカだ」

「れん、れん、かあ。わかった、宜《よろ》しくね、レンレン！」

何やら致命的に間違った形で定着してしまった。訂正したかったが、けれど彼女のどこか外見に比して幼げな笑顔を前に、レンカとしてはもう何も言えなくなってしまう。

……卑怯《ひきよう》だ、と思った。

こんな顔で、何の取り繕いもなくあんなふうに頼まれたら――断ることなんてできないじゃないか。

◆現在。一九四三年二月十二日十一時二十八分、レニンベルク市にて。

「当時、『聖女』の力で奪還した後は、この街は方面軍の前線拠点として活気に満ちていました」

幾度となない戦火の中、住民たちが退去して久しいレニンベルクの市街地。

ひび割れ、ところどころがめくれ上がった石畳を進む車両の中で、火傷痕《やけど》の軍人は語る。

「街中のいたるところには駐屯の兵士がうろついていましたし、手前味噌《てまえみそ》な言い方ではありますが、街の人々とも上手くやれていたと思います。……それはもう、戦時中とは思えないくらい平和で、賑《にぎ》やかでしたよ」

横を流れていく景色の中、旧大通りの並びにひときわ立派な石造りの建物が目に入る。

他の建物と同じく壁面のあちこちが崩れ落ちてはいるもののまだ建物としての形をしっかりと保っており、在りし日の面影を窺《うかが》わせる。

思わず眺めていると、軍人はそんな私の視線の先へと気付いたらしい。

「あれは市立図書館です。戦前は物流の中継地点として各地から様々なものが集まっていたそうですから——図書館もあれだけ立派なものが造られたんですよ。……まあ結局その後の度重なる帝政圏との攻防で、今ではこの有様ですがね」

にこりともせずにそう告げると、彼は向かいに座る私を見てぽつりと呟《つぶや》く。

「……少し、休憩しましょうか。随分と繊細なお体らしい」

どこか哀れみを感じるその言葉に、返す言葉もない。このよく揺れる軍用車両で、しかもこの悪路を走り続けていたせいで、私の顔面は真っ青になっていた。

酔いを紛らわせるように、私は窓の外を無心で眺める。いつの間にか、市街地の中央からはだいぶ離れた場所まで来ていた。

まばらに並ぶ廃墟《はいきょ》のうちのひとつを一瞥《いちべつ》して、軍人が口を開く。

「ああ、あそこが丁度いいでしょう」

彼の視線を追いかけると——そこにあったのは、大きな礼拝堂のようなもの。

ようなもの、というのは、屋根も落ち、壁も半ばまでが失われて内部が露出してしまっているその無残な姿ゆえである。

車両を停めて降りる彼の後を追う。礼拝堂であっただろうその中には無数の長椅子が並んでいて、在りし日の姿を辛《かろ》うじて思い起こさせた。

軍人はその最奥《さいおう》、恐らくはかつてステンドグラスかなにかが嵌《はま》っていたのであろう窓枠の前まで歩いて、そこに横倒しで放置されていた祭壇の上に腰を下ろす。

「罰当たりでは？」

「あいにくと、神様は信じたことがないもので」

引きつったような笑みを口元に浮かべながら、彼は天井を——正確には、天井が崩落して剝《む》き出《だ》しになった梁《はり》を見上げる。

「さて、何の話をしていましたっけね。……そうそう、『聖女』についてでした」

比較的無事な長椅子に私が座るのを見届けると、彼は右頬の火傷《やけど》痕に触れながら淡々と、言葉を続ける。

「当時、我々兵士の間でも、『聖女』は特別な存在でした。唐突に中央から派遣されたと思えば、とんでもない力でもって戦場を蹂躙《じゅうりん》して、いつの間にかいなくなっている。……まさに戦場の、生きた伝説。でもそれ以上に――前線でそれを目の当たりにした我々からしてみれば、あれは」

そこで少し言葉をさまよわせた後で、彼は言う。

「あれは間違いなく、畏怖の対象に他ならなかった」

そんな軍人の言葉に、私は少し、眉根を寄せる。

「畏怖、ですか。……そんなに強力な味方だったのに？」

「強力だから、ですよ」

静かにそう返して、彼は続ける。

「『聖女』は心強い味方である以上に、我々兵士からしてみれば、『得体の知れないなにか』でした。『聖女』の周りにはいつだって、中央から派遣されてきたらしい護衛が付き従っていましたし――それだけじゃあない、『アカデミー』の記章《きしょう》を付けた研究者までうろついていた。……『聖女』なんてただのプロパガンダの材料で、実際は天候兵器かなにかの試験運用をしているんじゃないか――なんて言う奴《やつ》もいましたけれどね。何であれ皆、『聖女』には近寄るべきではないと……そう、思っていたはずです」

アカデミー。その名前は、一部の筋では有名だ。

連邦軍部特殊神学機関、通称「アカデミー」。連邦の中でも選《え》りすぐりの第二哲学者たちを集めた先進研究機関として有名な一方で、その裏には色々ときな臭いものがあるのではないかと囁《ささや》かれ続けている。

軍部を裏から操っているだとか、いかがわしい迷信めいた冒瀆的《ぼうとくてき》な研究に没頭しているとか。あるいは特に突拍子もない噂《うわさ》では、宇宙人を連れてきて人と交配させている――なんて、そんなものまであった。

その殆《ほとん》どは与太話に過ぎないだろうが、ともあれ、何かと黒い噂《うわさ》の絶えない組織である「アカデミー」。そんなものまでが一枚嚙《か》んでいたのであれば、「聖女」というのも――単なるプロパガンダの張り子というだけではないのかもしれない。

だが、だとすれば。

「……『聖女』は、たった一人で、戦っていたんですね」

思わず口をついて出たそんな呟《つぶや》きに、軍人はすっと目を細める。

「ええ、そうですね。……あの戦場で、彼女はたった、一人だった」

崩れた天井の向こう、群青色《ぐんじょういろ》の空を見上げながら――彼は静かに、そう呟《つぶや》く。

79　◆現在。1943年2月12日11時28分、レニンベルク市にて。

「『人間では、化物の隣に立つことはできない』。……そう言ったのは、誰だったか」

黒い手袋に包まれた手を、空に向かって伸ばしながら。

見えない何かを掴《つか》むように、彼はその手で、空を握る。

■3——一九三九年四月。四月の雪と、いつか見た花。

どうして、こうなった。

あの廃教会への道をとぼとぼと歩きながら、レンカは一人、ため息をついていた。

あれから数日が経っても、幸か不幸か、いまだ作戦部から新たな指令が下る様子はない。そのためあの「聖女」の言う通り——一兵卒に過ぎないレンカもまた、ただ余暇を持て余す状況に甘んじざるを得なかった。

そうなれば彼女の誘いを断る理由も、残念ながらない。……いや無論、なんとなれば約束など無視してそれっきりでもよかったのだが、あいにくとレンカはそういうことができるほど、良くも悪くも大人ではない。

そんなわけで、あれ以来彼女との待ち合わせの場所となっていたあの廃教会へと、今日もまたこうして律儀《りちぎ》に足を運んでいるというわけである。

軋《きし》んだ音を立てる木扉を押して、中へ入る。すると——崩れかけた天井から差し込む光で照らされた薄暗い礼拝堂の中から、鈴を鳴らしたみたいな声が響いてきた。

「あ、レンレン。今日も来てくれたんだねー」

最初の時と同様、倒れた祭壇の上で体育座りをしながら待っていた彼女。このやり取りはもう、ここ数日の間ですでに定番になりつつあった。

レンカが彼女とこうして密会をするようになって、すでに二、三日が経つ。

暇な時間を見繕って廃教会に来ると、いつも彼女は、年季の入った野良猫《のらねこ》みたいな様子でこの祭壇の上に座っていて。

そしてレンカの顔を見るや否《いな》や――こんなふうにぱぁっと表情を明るくして、笑うのだ。

……最初に感じた印象とはまるで違う、明るく温かな笑顔。だからレンカはそれを直視するのがなんだか気恥ずかしくて、微妙に視線をそらしながら小さく頷《うなず》く。

「たまたま、暇だったから来ただけだ。……あんたこそいいのかよ、こんなところで油売っててさ」

「ふふーん。何を隠そう私もすっごい暇だから。レンレンに心配してもらう必要はないのです」

なぜかドヤ顔で胸を張る彼女に、レンカは近くの長椅子に座りながら言葉を返す。

「レンレンじゃない。レンカだ、って言ってるだろ」

「えー。こっちのほうが可愛《かわい》いじゃない。おねーちゃんはいいと思うな」

「可愛《かわい》さを求めるな。あと誰がおねーちゃんだ」

「私。だってレンレンより背高いもん。ほらほら」

言いながら移動して、レンカの隣に座る彼女。確かに少し、ほんの少しだけ頭の位置が高いが、それはあくまで座高だ。身長が負けている証拠にはならない。

やれやれ、仮にこんなのが姉だったらたまったものではない。そう思いながらも口には出さず(一度言ったらたいそうむくれたのだ)、ただ疲れたようにため息を吐き出して抗弁するレンカに、彼女は「んー」と声を漏らす。

「わがままなレンレンだなぁ。どうせ呼ぶなら可愛《かわい》い呼び方のほうがいいじゃない」

「……なら、あんたはどうなんだよ」

「え?」

ふと口をついて出たレンカの言葉に、彼女はきょとんとして首を傾《かし》げる。しまった、と思ったが、観念してレンカは言葉を続ける。

「あんたの、呼び方。もう二、三日こうして話してるのに、俺はあんたの名前も知らない」

そうなのだ。

ここ数日のやり取りの中で、レンカが彼女について知ったことは殆《ほとん》どなかった。

あの晩、彼女が苦しんでいたことの理由も。彼女が一体、何故《なぜ》「聖女」としてここにいるのかも。……彼女は言おうとしなかったし、レンカもあえて触れようとは思わなかった。

きっとそれは踏み込むべきではないということを、頭のどこかで直感していたのだ。

せいぜい会話の中で分かったことと言えば——彼女がこうしてあちこちの戦場を転々としな

がら戦っているらしいということ。

そしてやたらとレンカに対して年上ぶりたがるくせに、妙に間の抜けたところがあるということ。……そのくらいで。

「聖女」。それ以外に彼女を表す名前をすら、レンカはいまだ、知らずにいる。

レンカの言葉に、彼女はぽつりと呟《つぶや》く。

「呼び方かぁ。いつもは『四番』とか、『四号』とか呼ばれてるかな。あとは――『A‐004』とか」

「なんだそりゃ、どういうあだ名だ」

どう考えてもそれは名前ではない。品番とか型番とか、そういう類のものだろう。

どういう状況ならこんな女の子がそんな呼び名をされるのか、想像もつかない。

……であれば、思い当たる可能性は。

「ひょっとして、知ったらまずいことなのか。なら、詮索はしないけど」

「うーん、そういうわけでも、ないんだけどなぁ……」

困ったように形の良い眉を寄せながら、彼女は首をひねって。それからややあって、「あ！」と素っ頓狂な声を上げてレンカを見る。

「いいこと考えちゃいました」

「何だよ」

「レンレンが私に、名前をつけてくれればいいんだよ」

「……は？」

何を言っているのか分からず、思わず間抜けな声が出た。

そんなレンカの顔を見て、何を勘違いしたのか彼女は妙に慈愛に満ちた表情で、

「大丈夫。レンレンの好きなようにつけてくれていいよ。あんまり変な名前は、おねーちゃん困っちゃうけど」

なんて言い出す。

「本気で言ってるのか？」

「？　うん。だってレンレンが呼ぶ名前だもの。レンレンが付けてくれるのが、一番だよ」

当たり前といった様子でそんなことを言う彼女を前に、レンカはもう何も言い返せない。

仕方なしに観念すると、レンカは彼女を横目で一瞥《いちべつ》しながら考えを巡らせる。

真っ白な肌に、白髪交じりの真っ青な髪。まるで春の晴れ空みたいな、綺麗《きれい》な髪の色だと思う。そんなことを言えば調子に乗るだろうから、絶対に言うつもりはないけれど。

春。四号、四番。彼女の冗談を真に受けるつもりはないが、四という数字が、彼女にとって何かしらの意味を持つのかもしれない。

なら——と、レンカはぽつりと、思い浮かんだ名前を口にする。

「四月《よづき》」

「ほぇ？」

不思議そうな顔で瞬《まばた》きする彼女に、レンカはぶっきらぼうな調子でもう一度、言う。

「……あんたの名前。つけろって言ったのは、あんただろ。……気に、入らないか」

少し自信なさそうに呟《つぶや》くレンカに、彼女はしばらく沈黙して——やがて大きく首を横に振って、それから今度は縦に振る。

「ううん、そうじゃなくて！ ……すっごくいい響きだったから、びっくりしちゃって」

少し戸惑い混じりにそう言いながら、彼女はレンカの目をじいっと見つめて口を開く。

「ねぇ、レンレン。『よづき』って、どういう意味なの？」

「……四月のことを極東地域ではそう呼ぶこともあるって、昔聞いたことがあったから」

彼女の綺麗《きれい》な髪が、春の空みたいだったから、なんて。……そんな照れくさいことは、口が裂けても言えなかった。

「四月《よづき》かぁ。丁度今頃だね。あったかくもないし、寒くもない」

「だから、丁度いい季節なんだ。……俺の故郷では、桜っていう花が咲くらしい」

ふと口をついて出たそんな言葉に、彼女はぐっと興味を示す。

「さくら、って、どんな花なの？」

「……さあ。俺も見たことはないけど、桃色の小さな花が木の上いっぱいに咲いて、とても綺《き》麗《れい》だって——昔、俺の母親がそんなこと言ってた気がする」

「ふーん……。そっか、さくら、かぁ。見てみたいなぁ、私も」

そう言って笑みを浮かべた後、彼女は長椅子の背にもたれかかったまま、再びぽつりと口を開く。

「ねぇ、レンレン」

「……何だ」

「ちょっと、呼んでみてよ」

「何で」

「貴方《あなた》が名前つけたんだから当然でしょう?」

もっともと言えばもっともなので、ぐうの音も出ない。顔を背けながら、やがて観念した様子でレンカはぼそりと、呟《つぶや》くように呼ぶ。

「……四月《よづき》」

「よく聞こえない」

「四月《よづき》」

「もう一回」

「……四月《よづき》!」

やけくそ気味に叫んだレンカのそれを聞いて、嬉《うれ》しそうに何度も頷《うなず》く彼女。

「……よづき。四月《よづき》。うん、うんうん」

噛《か》みしめるようにそう呟《つぶや》くと——それから彼女はレンカに向き直り、何を思ったかいきなり頭を撫《な》でてくる。

「……おい、何のつもりだ」

「素敵な名前をくれたから、よしよししてあげようと思って」

そう言いながら優しげな手付きでレンカの固い髪を撫《な》で付《つ》ける彼女。少しくすぐったいその感触を振り払おうとして——けれど彼女の顔に浮かんだ笑みを前に、レンカは動きを止める。

「ありがとう、レンレン。とっても気に入ったよ」

まるで春の日差しみたいに温かなその笑顔が、なんだかとても、こそばゆくて。眩《まぶ》しくて、見ていられなくて。

……結局レンカはそれ以上何も言えず、ただひたすら、されるがままになっていた。

■

それからも、彼女とのこの奇妙な密会は続いた。

「……あ、レンレン! こっちこっち!」

祭壇の上に座りながら手を振る彼女——四月《よづき》に、レンカは仏頂面《ぶっちょうづら》のまま小さく左手だけ上げて応じる。

待ちきれないといった様子で駆け寄ってくると、彼女はレンカの前で落ち着かなげにそわそわとし始めた。

「約束のもの、持ってきてくれた？」

そんな四月《よづき》の問いに、レンカは肩をすくめながら、擦り切れた鞄《かばん》から小さな包みを取り出す。

「ほら、これだ」

銀色の包装紙で包まれた、小さな板切れのようなもの。配給品の、チョコレートだった。

どうやら四月《よづき》は「チョコレート」というものの存在を知らないらしく、以前たまたま話に出したらひどく興味を持ってしまったのだ。

それ以来「見たい」「触りたい」「舐《な》めたい」「食べたい」の繰り返し。とはいえチョコレートなんて貴重品、配給でもそうお目にかかれないのが実際のところである。

そんなこんなで日々、チョコレートに夢膨らませる四月《よづき》を前にしながら居心地の悪さを感じ続けていたレンカだったのだが——ついに今日、物資の流通がある程度再開されたお陰もあって配給リストに発見。今まで溜《た》め込《こ》んでいた配給品チケットを総動員して、いの一番に入手してきたというわけであった。

レンカの取り出したチョコレートを見ると、四月《よづき》は「わぁ」と歓声を上げる。

「これが、チョコレート……でも貴方《あなた》が話してたのとちょっと違うわ。銀色よ、これ」

「包み紙だよ。……ほら、開けて見てみろ」

そう言って手渡すと、彼女はしばらくしげしげと包みを眺めた後、不器用な手付きで銀紙を破り始める。

中から出てきた板チョコレートを見て目を丸くしながら、彼女はその匂いをくんくんと嗅いだり、角度を変えて見回してみたりと忙《せわ》しない様子でなにやらやっていた。

「……早く食べたほうがいいぞ。そんなに気合い入れて握ってたら溶けちまう」

「溶けるものなの⁉」

「ああそうだ。だから早くしろ、俺の配給チケットを無駄にされたら困る」

他の連中と違って酒も煙草《たばこ》もやらないから、基本的にチケットは余らせがちではあるのだが――とはいえ無駄にしたいわけでもない。

レンカがそう促すと、彼女はしばらくチョコレートをじっと見つめた後、何かを思いついた顔でその包装の半ばあたりで二つに割る。

思いがけないその行動にレンカが面食らっていると――彼女はその、少し大きい方の片割れをレンカに寄越してにっこりと笑う。

「じゃあ、レンレンも一緒に食べよう」

「……別に、いらないよ」

「だーめ。一緒に食べるの。レンレンだって、食べなきゃ大きくなれないよ？」

「余計なお世話だ」

言いながらも、一向に手を引っ込める様子のない彼女に根負けしてレンカは半分のチョコレートを受け取る。すると四月《よづき》はそれを満足気に見つめた後、自分のチョコレートの端っこを小さく、用心深そうにかじった。

「…………」

かじったままの姿勢で硬直する彼女を前に、若干の不安がよぎる。あまり、口に合わなかったのだろうか——なんて、そんなことを考え始めていると、彼女がぱっと瞬《まばた》きをしてレンカを見た。

「レンレン」

「……どうした」

「美味《おい》しすぎて、ちょっと気絶してたかも」

そんな馬鹿な。脱力してずっこけそうになるレンカだったが、とはいえ彼女の受けた衝撃は実際相当のものだったらしい。

「甘いわ。甘いし、とにかく、甘くて、甘いの」

「……そうだな」

恐ろしく下手くそな感想を述べながら、彼女は再びチョコレートに向き直る。

始めは恐る恐る、それからすぐにもりもりと中身を平らげて、ものの数十秒もしないうちに彼女の手元にはくしゃくしゃの包装と、銀色の包み紙だけが残されていた。

空になった銀紙。そこに付着した、ちょっと溶けたチョコレートをじっと見ながら何か深刻そうな顔で悩み始めた彼女に、レンカはため息混じりに自分のチョコレートを更に半分に割って差し出す。

「ほら、これも食えよ」

「いいの⁉」

「……このままだとあんた、包み紙まで舐《な》めそうだからな。それは流石《さすが》に、引く」

「…………な、舐《な》めないもの」

嘘《うそ》つけ。胸中で苦笑いしながら、レンカはとにかく片割れのチョコレートを彼女に押し付ける。

「一緒に食べるんだろ、食いしん坊。俺が食べる前に食べ切るなよ」

「食いしん坊じゃないし。……もう、レンレンのいじわる。ありがと！」

ふくれっ面で律儀《りちぎ》にお礼を言うと、彼女はレンカから受け取ったチョコレートを大事そうにちびちびかじる。

そんな彼女を横目に、レンカも一口。

……久々に食べたチョコレートは、長く持っていたせいか少し溶けかかっていて、笑ってしまうくらいに甘かった。

　横倒しの祭壇の上で、並んで座る二人。

　チョコレートを食べ終えて一息ついていると、四月《よづき》がはぁ、とため息をついた。

「なんだ、まだ食べ足りないのか。……またそのうち持ってきてやるから、今は我慢しろ」

「そんなんじゃないですー！　また食べたいのはそうだけど！」

「じゃあ、どうしたんだ」

　レンカの促しに、彼女は体育座りのまま、膝に顔を埋めて呟《つぶや》く。

「私さ、姉妹がいるんだよね。だから妹たちにも、こんな美味《おい》しいもの食べさせてあげたいな、って思って」

　そんな彼女の言葉に、レンカは少しばかり意外そうに返す。

「姉妹？　初耳だな」

「言ってなかったからね」

「……あんたの姉妹だとしたら、随分とやかましそうだ」

　そんな気のない相槌《あいづち》に、四月《よづき》は苦笑混じりに微笑《ほほえ》む。

「うん。みーんな自由な子ばっかだから、おねーちゃんとしては毎日大変なわけ。こうして前線に出てる間も、今頃みんなどうしてるかなって考えちゃう」

なるほど、彼女が事あるごとに年長ぶりたがるのはそういう理由からか。なんだか納得しながら、レンカはふと、思いついたことを問う。

「……四月《よづき》。家族は、あんたのことを心配してるんじゃないのか。こんなところに出て、戦って。いつ命を落とすかも知れないのに、あんたの家族はなんとも思ってないのか？」

レンカには、家族はいない。幼い頃に戦火に見舞われて父も、母も死んだ。

だからレンカは、自分の命に頓着はない。自分を待っていてくれる人なんて、仲間たちくらいしかいないから。

けれど――もし、彼女にはそういう人たちがいるのなら。彼女はきっと、こんなところにいるべき人間ではない。

しかしそんなレンカの心中をよそに、彼女は首を横に振る。

「皆も、おんなじだから」

「同じ？　……どういうことだ」

怪訝《けげん》そうに問うレンカに、彼女はいたずらっぽい笑みを浮かべて、

「私の姉妹。あの子たちも皆、『聖女』だから」

なんて、そんなことを言う。

「聖女？　全員が？　……それって、どういう」

「これ以上は、秘密」

唇に人差し指を当ててそう告げる彼女。いつもどおりの軽い口調でこそあれ、そこにはどこか、有無を言わせない雰囲気があった。

悶々《もんもん》としたまま口をつぐむレンカをよそに、彼女が突然、「そうだ」と声を上げる。

「ねえ、レンレン。今とってもいいことを考えたんだけど」

「……何だ」

テンションの低いレンカとは対照的に、何やら楽しげな様子で、四月《よづき》はこう続ける。

「私の姉妹たちにも、名前を付けてあげてほしいの」

「……はぁ？」

何を言い出すかと思えば——何だ、それは。

露骨に戸惑いを浮かべるレンカをよそに、彼女は頬を紅潮させて興奮した様子で語る。

「さっきも言ったけど、私にはいっぱい姉妹がいてね。けど皆、私と同じで——『名前』はないんだ」

「名前が、ない？」

眉根をひそめるレンカに、四月《よづき》は小さく頷《うなず》く。

「私は、A-004って呼ばれてた。他の姉妹たちも同じで、皆番号で呼ばれてた。だからこう、お互いに呼ぶ時になんかしっくりこなかったんだよね……。だからきっとね、私にしてくれたみたいに皆に名前をつけてくれたらきっと——上手く言えないけど、とっても素敵だと思うの。……ダメ、かな」

こちらをじっと見つめてくる彼女に、レンカは口ごもる。

……あまりにも、突拍子のない話だ。しかし、彼女が嘘《うそ》をついているのかと言えば、それも違う気がする。

恐らくこれは、深入りすべきでないことだ。

最初に出会ったあの日の夜のことのように、そこにはきっと、知るべきでないことがある。

……けど。

「……わかったよ、やってやる」

そう言って、レンカは観念したように頷《うなず》いてみせる。

「本当に⁉」

「ああ。配給のチョコレートよりはたぶん、安いからな」

そんなレンカの返答に、大喜びして満面の笑みを浮かべる四月《よづき》。

そんな彼女を横目に見ながら、レンカはその胸中でひとりごちる。

……彼女の事情に深入りするわけじゃない。ただちょっと、彼女の頼みを聞いてやるだけだ。

そのくらいのことは――別に、誰にも咎《とが》められやしないだろう。

自分への言い訳みたいにそう声なき呟《つぶや》きをこぼしながら、レンカは天井を見上げる。

一部抜け落ちた天井から垣間見《かいまみ》える、真っ青な春の空に思いを馳《は》せて——余計な雑念を振り払いながら、思考に集中する。

今考えるべきは、四月《よづき》の姉妹とやらの名前のことだ。

簡単に約束したはいいけれど、そこまでのネーミングセンスもなければ語彙力もない。

どこかで勉強してこなきゃな——なんて、そんなことを呑気《のんき》に考えている自分を見つけて、レンカは知らず知らず、口元に笑みを浮かべていた。


「……で、何人なんだ。あんたの姉妹」

「んーとね。A‐001から……えーと、今いるのは三十人ちょいくらいかな」

「多すぎだろ」

……前言撤回。どうやらこれは、相当本腰を入れて取り組まなければいけないようだ。

■

「……あやしい」

今日も朝からそそくさと出かけていくレンカを横目で見送って、難しい顔をしながらシャルはぽつりと呟《つぶや》いた。

そんな彼女の顔を見て、隣にいたカイが首を傾《かし》げる。

「どしたー、シャル。そんなブッサイクな顔して」

「叩《たた》くよ」

「叩《たた》いてから言うなよ⁉ ったく、ほんの可愛《かわい》らしい冗談だってのに……。で、どうした？ 何が怪しいって？」

彼の促しに、シャルはというとしばらく沈黙した後でぽつりと呟《つぶや》く。

「最近、レンカが早起きなの」

「マジか。そりゃやべえな。あの万年成長期のねぼすけが早起きとか」

衝撃に目を見開くカイ。この場にレンカがいれば文句のひとつでも言ったかもしれないが、あいにくと二人だけだ。

そんなカイに、少し声を潜めながら神妙な顔でシャルは続ける。

「それだけじゃないの。最近、レンカってば毎日どっかに出かけてるし……しかもこの前なんて、配給品のチョコレートなんか貰《もら》ってたの。レンカ、いつも甘い物苦手って言ってたのに」

シャルが知る限りでは、レンカは基本的に出不精だ。何もない日であれば下手すれば昼過ぎくらいまでぐっすりと眠っていることも少なくない。

こんな戦場にもかかわらず、そんなふうにぐっすりと眠れる彼のそんなところがシャルは好きだったのだが……ごほん。

とにかく。そんな彼がこんなに毎日、早起きしては足繁《あししげ》くどこかへ通っているというのは、はっきり言って異常事態と言ってよかった。

「……どうしたんだろ。何か、あったのかな。ひょっとしてこの前の戦闘でどこか怪我《けが》でもしたとか……」

不安げにこぼすシャルに、しかしカイはというといつになく真剣な様子で顎に手を当てながら沈黙した後——やがて重々しい様子で、口を開く。

「いや、違うな。あれは……オンナだ」

「え？」

訊《き》き返《かえ》すシャルに、彼は自信満々に大きく頷《うなず》いて熱弁を振るう。

「いいかシャル。男ってのはな、好きな女ができると変わるんだ。……間違いねえ、レンカの奴《やつ》、絶対この街で……何か衝撃的な『出会い』を果たしたに違いねえ！」

「え、え、え？　そんなの、いくらなんでも……だってあのレンカだよ⁉」

困惑した様子で言葉を返すシャルに、しかしカイは「ち、ち、ち」と指を振って返す。

「甘い。甘いぜシャル。確かにあの朴念仁《ぼくねんじん》に、そんなに急に春が来るなんて俺だって信じられねえ。だって俺にだって彼女なんていないのに、あいつに先に彼女ができるなんていくらなんでもありえねえもん。あってたまるか。……でも、だからこそむしろ、ありうるんだよ」

「どういうこと？」

不安でいっぱいのシャルに、カイは沈痛な面持ちで顔を背けながら、首を横に振る。

「間違いない。あいつきっと、騙《だま》されてるんだ——どっかの悪い女に！」

「そんな……！　でもレンカならあり得るかも！」

確信に満ちたカイの発言に、シャルの思考は悪い方へと傾いていく。レンカは一見無愛想だが、ああ見えて優しいし、困ってる人を見ると放っておけないタイプなのだ。そこにつけ込まれて、誰かに騙《だま》されている可能性は大いにある。

「カイ……どうしよう」

泣きそうな顔で問うシャルに、真剣そのものの表情でカイは言う。

「決まってるだろ、あいつの後を追いかけるんだ」

「え、でもでも、そんなのレンカに悪いよ……」

戸惑うシャルに、しかしカイは大きく首を横に振る。

「んなこたぁねえ！　あいつがどっかの悪い女にかどわかされて不健全な道に堕《お》ちようとしているのを俺たちが助けるんだ！　親友として！」

「親友として……」

「断じてうらやましいとかけしからんとか思ってるわけじゃねえんだ！」

「うん、うん、そうだよね！」

……お互いに話を聞いてるんだか聞いていないんだかよく分からない相槌《あいづち》を打ちながら、頷《うなず》き合《あ》う二人であった。

——。

「ぶぇっくし」

大きなくしゃみをひとつするレンカを見て、四月《よづき》が「わー」と気の抜けた声を上げる。

「大丈夫？　風邪？」

「……こんなところに長居してるから、冷えたのかもな」

「それは大変！」

大げさにそう声を上げながら、何を思ったか彼女はいきなり、レンカに向かって顔を近づけてくる。

鼻の頭がくっつきそうなほどまで接近を許しかけたところで、レンカは慌てて後ずさろうとして——そのせいで祭壇の上から転がり落ちそうになった。

「な、何してんだあんた」

「え？　何って——お熱がないかと思って」

「だからって近づく必要ないだろ」

「妹たちにはいつもこうしてるもん」

何がいけないのか、といった様子できょとんとする四月《よづき》に、レンカは深いため息を吐く。

「妹と俺を一緒にするな」

「一緒よ。私よりちっちゃいもの」

ふふんと胸を張ってそう答える四月《よづき》の顔は、まさしくわがままを言う弟に対するようなそれであった。

どうにも彼女はレンカのことを「妹たち」とやらと同列に見ているらしく、妙なところで距離感が近い。

戦場暮らしですれた部分はあるとはいえ、レンカも年相応には男子なのだ。出自や背景が胡《う》乱《ろん》であるにせよ、彼女のように少なくとも見目麗《みめうるわ》しい女子にこの距離感でぐいぐい来られるのはあまり精神衛生上よろしいものではない。

……まあ、嫌なわけでは、ないのだが。

「……別に熱はないし、体調も悪くないから気にしないでくれ」

そう言ってなおも顔を近づけようとしてくる彼女をそっと押し返した後、レンカは無理矢理に話題を変える。

「それより、そっちの作業のほうはどうなんだ。なんか良さそうな名前、見つかったのか」

祭壇の上に放り出された本の山。それを指してそう問うたレンカに、四月《よづき》は苦い顔で首を横に振る。

「う、全然……。レンレンの持ってきた本、難しいんだもの。見たことのない字ばっかりだし」

目をしばしばさせながら言う彼女に、レンカは仏頂面《ぶっちょうづら》のまま小さく頷《うなず》く。

「極東の、古い物語とかを集めた本らしい。街の図書館に置いてあったから、借りてきたんだ」

そう言いながらぱらぱらぱらと書物のページをめくるレンカ。

さて、二人が何をしているのかと言えば――そう。以前四月《よづき》が言っていた、彼女の姉妹の名付け作業である。

なんとなく最初、思いつきだけで彼女に極東風の名前をつけたのが運の尽き。

「他の皆も、同じような響きの名前がいい」と一歩も譲らない彼女に根負けして、結果こうしてわざわざ図書館から極東の書物まで借りてきてそれっぽい単語を探し出すこととなったのだ。

「……終わる気がしないぞ、この作業」

疲れ切ったため息を吐き出しながらうなだれて、レンカは傍《わき》に置いてある、支給品のおんぼろノートに視線を遣《や》る。

A-001、『一宮《いちみや》』。A-002、『双葉《ふたば》』。『三次《みつぎ》』、『五塚《いつか》』、『弥六《みろく》』『七奈那《ななな》』――そこに書き留めてあるのは、今までに決めたいくつかの名前だった。

ここまで決めるだけでも、もう一時間近くは資料とにらめっこしていただろうか。それでもまだ三十人余りはいるという彼女の姉妹たちの半分も名前をつけられていない。

こんな街の図書館にもかかわらず、珍しい極東の書物がこれだけ充実していたのは幸いだった。資料がなければ早々に断念していたことだろう。

軽い気持ちで安請け合いした昨日の自分を呪いながら、レンカは隣でうんうん唸《うな》りながら本を眺めている四月《よづき》に向かって口を開く。

「なあ、やっぱり全員分は無茶じゃないか」

「うーん、確かに結構、途方もないかも……」

流石《さすが》に疲弊した様子で力なく呟《つぶや》きながら、「でも」と彼女は顔を上げる。

「レンレンが私に名前をつけてくれて、私のことを『四月《よづき》』って呼んでくれた時。……なんかさ、この辺りがすっごく、あったかくなったんだよね。だから皆にも……おんなじ気持ち、知ってほしいと思うんだ」

胸に手を当てながら嬉《うれ》しそうにそう語る彼女を見つめて、レンカはもう一度、ため息を吐く。

……こんな幸せそうな顔をされたら、やっぱりやめる、なんて言い出せない。

眼精疲労をもみほぐすように目頭を軽く押さえると、レンカは再び名前を考える作業に戻ることにした。地道にやっていけば、いつかは終わりも来るだろう。

「ええと、次は……『八番』だったか。そいつは、どんな奴《やつ》なんだ」

レンカの問いに、しばらく考えた後で四月《よづき》は生き生きとした顔で語る。

「んーとね、可愛《かわい》い子だよ。普段はつんけんして、すっごく肩肘張ってるんだけど……実はかなり引っ込み思案で怖がりなんだ。いっつも『九番』の子と一緒に居てさ。あ、『九番』は綺《き》麗《れい》なピンク色の髪の子なんだけど、私たちの中でも特に頭が良くて、無愛想でむっとしてて。

……そんな感じだから『八番』も、自分の方が一応お姉ちゃんなのにどっちが妹かわからない感じで——そんなところも可愛《かわい》いんだけど、もうちょっとしっかりして欲しい気もするかな。『五番』……『五塚《いつか》』ちゃんなんかは、今のままでいいって言うけど」

顔も知らない彼女の姉妹の話。別に聞かなくても、名前だけ付ける分には同じだけれど——それでも人を名付けるというのは、特別なことだ。

……たとえそれが知らない誰かでも、そんな誰かとちゃんと、向き合わないといけない気がした。

四月《よづき》の話を聞きながら、レンカは思いついた名を口にする。

「——『八刀《やと》』なんて、どうだ」

「やと？　……それって、どういう意味なの？」

四月《よづき》の純粋な質問に、レンカは若干照れくさそうな顔で口を開く。

「意味、ってほどのもんはないけど。そんな弱気な奴《やつ》なら、名前だけはちょっと強そうにしてやった方がいいかと思って」

そんなレンカの答えに、四月《よづき》はぱちくりと目を瞬《また》かせた後、大きく頷《うなず》く。

「……うん、うん。そうだね、確かに。やと。八刀《やと》かぁ。意外と似合うかも」

言いながらノートにメモする彼女。思いつくままに書いてるせいで、随分と見づらい。

「後で見てわかるように書けよ」

「もう、レンレンうるさい！」

子供みたいに頰を膨らませながらノートに向かう彼女を見つめながら、一息つくレンカ。

次は「九番」——見も知らぬ桜色の髪の少女に思いを馳《は》せながらぱらぱらと資料をめくると、たまたまひとつの単語が目に留まる。

極東地域の古典物語らしい絵巻物の図版。そこに書かれていた「九重《ここのえ》」という単語。

意味はよく分からないけれど、九の字も入っているし丁度いいかもしれない……なんて、そんなことを思っていたその時のことだった。

「レンレン」

ぽつり、と四月《よづき》が呟《つぶや》いて。レンカが反応する前に彼女は急に立ち上がると、いつになく険しい表情で周りをぐるりと見回す。

どうしたのか、と声を掛ける前に、彼女の真っ青な瞳が、わずかにその青みを増して。

刹那——ぞっとするような冷気が吹き出して、彼女の手元に鋭利な氷柱《つらら》が凝結。まるで拳銃弾みたいな勢いで、礼拝堂の側面窓のひとつへと突き刺さった。

「出てきなさい。次は、当てるわ」

抑揚のない声でそう告げる彼女。

氷像のような無感情な表情のまま、四月《よづき》は窓を凝視し続けて——するとやがて、窓枠の辺りに人影がふたつ、現れる。

「……誰、あなたたち」

わずかに戸惑いの交じる四月《よづき》の声。反面レンカは、おずおずと出てきたそのよく見知った顔を認めて思わず声を上げる。

「シャル、カイ！」

「え、知り合い⁉」

瞬間、冷徹な仮面が剝《は》がれてまたいつもの驚いたような顔で声を上げる四月《よづき》。

そんな彼女に頷《うなず》いた後、バツの悪そうな顔で視線をそらそうとする二人をジト目で見つめながら、レンカは大きなため息をつく。

「……お前ら。どういうことか、話してもらおうか」


——。


それからしばらくして。

「まあ要するにだ。俺たちはな、お前のことが心配だったんだよ」

二人してレンカを尾行していたことの顚末《てんまつ》を一通り話し終えると、特に悪びれもせず堂々とそう言ってカイはうんうん、と自分の言ったことに大きく頷《うなず》いてみせた。

「でもなぁ、この状況は流石《さすが》に意外だったぜ。お前がまさかあの『聖女』とこんなところでしっぽりよろしくやってるなんてな」

「そんなんじゃない。ただ話し相手をしてやってるだけだ」

「えー、よろしくやってるじゃん」

意味が分かってなさそうな顔でそう言う四月《よづき》に、カイはというとそそくさと向き直るや、まるで叙勲《じょくん》を受ける騎士みたいに妙になれた様子で跪《ひざまず》いてみせる。

「ああ、申し遅れました。俺――いや、私はこいつの超超超大親友のカイと言います。以後私とも深ぁーいお付き合いを」

「バカ言ってるんじゃないの」

そんな彼の頭を軽く小突きながら、代わって四月《よづき》に向かってぺこりと頭を下げたのはシャル。

「……ごめんなさい、ええと、『聖女さま』。私たち、本当に悪気はなかったんだけど――びっくりさせせちゃいました」

そう言って謝る彼女を前に、「どうしていいのか分からない」といった顔でレンカに助けを求める視線を送る四月《よづき》。

「あんたの思った通りにしなよ」

と、それだけレンカが告げると――彼女は少し緊張した面持ちでシャルを見返し、彼女の手をぎゅっと握った。

「……あの、こっちこそ、ごめんね。急に攻撃しちゃって。……怪我《けが》とかなかった？」

「え、あ、はい、大丈夫です……」

「よかった」

ほっとしたように笑うと、四月《よづき》はシャルに向かって静かに続ける。

「四月《よづき》」

「え？」

「『聖女さま』じゃなくて、四月《よづき》っていうの。私の名前。レンレンがつけてくれたんだ。……貴方《あなた》は、レンレンの仲間？」

ややや唐突なそんな彼女の問いに、シャルは少し戸惑いながらもしっかりと頷《うなず》く。

「……はい」

「なら、その、えっと。もしもよかったら、なんだけど。私の――話し相手に、なってくれないかな」

「ええ!?」

これまたいきなりのその申し出に、シャルは驚いた様子で声を上げてレンカの方を見る。

好きにしてくれ、と目配せすると、彼女は何やら決心した様子で頷《うなず》いて、四月《よづき》の手を握り返した。

「私でよかったら、是非。ええと……四月《よづき》ちゃんで、いいかな」

「……うん！　えっと、貴方《あなた》は、」

「シャル。私のことは、シャルって呼んで」

「俺のことはカイでいいですよ、四月《よづき》さん」

「あんたは入ってこなくていーの！」

やいのやいのと目の前で漫才を始める二人を前に、四月《よづき》はぽかんとして——それから耐えきれないといった風に、吹き出して笑う。

「……あはは！　よろしくね、ふたりとも！」

——その日から廃教会は少しだけ、前よりも賑《にぎ》やかに、騒がしくなった。

◆現在。一九四三年二月十二日十二時二十八分、レニンベルク丘上《きゅうじょう》公園にて。

「それにしても、だとしたら少し、不思議です」

市街地外れに位置する、小高い丘の上。

かつては公園があったのであろう。見晴らしもよく、街全体を一望できる展望台にはいくつかの遊具と、そして木製のベンチが置かれていた。

そのうちのひとつ、比較的傷みの少ないものを選んで座りながら——そう呟《つぶや》いた私。

そんな私に、しかし火傷《やけど》痕の軍人は驚いた様子もなく、ただわずかに右の眉を上げて口を開いた。

「不思議、というと」

促すようなその返事に、私は思ったまま、言葉を続ける。

「貴方《あなた》の話では——『聖女』は実際に、たった一人で戦況を覆《くつがえ》すほどのとてつもない力を持っていたんですよね。だったらどうして、この街は……こんな風になってしまったんですか。『聖女』がいれば、負けるはずがなかったんじゃ？」

そんな私の質問に、なぜか軍人は、わずかに——ほんのわずかに口元を歪《ゆが》める。

それは笑みのようでもあったし、何かを耐えているようであったかもしれない。

「おっしゃる通りです。そう、『聖女』がいる限りは、私たちは決して、負けなかったでしょう。この街も、こんなふうに破壊されずに済んだかもしれない」

そう言いながら眼下に広がる廃墟《はいきょ》の街並みを一瞥《いちべつ》した後、彼は私に向き直って続ける。

「いや、それだけでしょうか。もしも『聖女』なんてものがいたのであれば、この戦争はもっと違った形になっていたのでは？　……そうは思いませんか、記者さん」

「違った、形……」

諮問めいたその問いかけの意図が掴《つか》みきれず、黙考する私。そんな私をできの悪い生徒でも見守るように見つめて、やがて彼は続けた。

「ここレヴァン平原での戦闘でも、『聖女』はその圧倒的な力で帝政圏の防衛戦力を無力化してしまった。ここ以外でも、『聖女』がたった一人で機甲師団をひとつ丸ごと灰にした……なんて冗談みたいな話もあります。そんな馬鹿げた戦力を誇る『聖女』が何人もいて、実際に戦っていたという目撃情報は多数あって——なのに我々は今、帝政圏との戦争に勝利していない。おかしなことだとは思いませんか？」

「……どういう、ことですか？」

さっぱり分からないままに彼を見返すと、彼は再びこちらに背を向けて、街を睥睨《へいげい》したまま続ける。

「『彼女たちは、どこに行ったんだろう』。そう、貴方《あなた》は最初におっしゃいましたよね。その疑問に対するひとつの答えが、それです。『聖女』と呼ばれる彼女たちには——戦い続けることができない事情があった。……だから彼女たちは、あの戦場という名の舞台から姿を消したのですよ」

■4——一九三九年五月。春の日差しにきらめく雪は。

「やっほー、しーちゃん、また来たよ！」

そんなシャルの元気な声に、いつものように礼拝堂で座っていた四月《よづき》はこちらを向き、ぱあっとその表情を明るくした。

「シャルちゃん、こんにちは！　レンレンも！　ついでにカイ君も！」

「ついでって酷《ひど》くね⁉」

ぞろぞろと三人連れ立って礼拝堂へと入りながらわいわいと言い合う彼ら。ちなみに「しーちゃん」という四月《よづき》のあだ名はシャルのセンスである。なんとも分かりづらいことだが、それはそれで四月《よづき》のほうも気に入っているらしい。

まだ二人が四月《よづき》と出会ってからたった一週間程度しか経っていないのだが、早くも彼らは旧知の友人同士みたいに打ち解けあっているようであった。

……一九三九年五月初旬。レンカが四月《よづき》と出会ってから、もう三週間近くが経とうとしていた。

今も各地で帝政圏との戦闘が続いているとの報はあれど、ここレニンベルク市はというと、依然として不気味なほどに平穏で。

レンカたち第八十四師団第九機械化歩兵大隊にも、そろそろ転地なり侵攻なりの指令が出てもおかしくはないはずだが、この三週間というもの、作戦部から下るのは「待機」の命令のみ。ゆえにレンカたちも、そして「聖女」である四月《よづき》も——いまだこの、何事もない日々をこうして享受していた。

レンカとて、戦闘がないならないに越したことはない。しかし一方で何か、すわりの悪さのようなものを感じずにはいられなかった。

自分のすべきことをしていないような、空恐ろしい感覚。そんな落ち着かなさを感じてしまう自分自身に、レンカは思わず失笑する。

戦っていないと、落ち着かないなんて。随分と歯車根性が身についてしまったものだ。

「ねえね、レンカ、見て見て」

そんなことを一人考えてると、シャルが呼ぶ声が聞こえてレンカは顔を上げる。

すると——思いもよらないものが目に入って、レンカは一瞬、思考が止まるのを感じた。

「……四月《よづき》？」

そう、四月《よづき》である。

毎日変わらぬ軍服姿であったはずの彼女が——いつの間にか、白を基調とした見慣れぬワンピース姿で、何やら所在なさげに佇《たたず》んでいたのだ。

いつも分厚い冬季仕様の軍服と外套《がいとう》を着込んでいる彼女である。薄手の布地で否応《いやおう》なしに強調された体の凹凸だとか、普段は見えていない白い腕とか半袖からのぞく腋《わき》だとか、首筋の鎖骨だとか――そういったものが顕《あらわ》になっている様は、なんでもないのに何故《なぜ》だろう。「見てはいけないもの」のように感じてレンカは思わず視線をそらす。

「何だ、それ。どっから出てきたんだ、そんな服……」

「じゃじゃーん、すごいでしょ。街の洋服屋のおばちゃんがね、街を解放してくれたお礼にって言って私にくれたんだ」

四月《よづき》に代わって、そう言って胸を大きく張ってみせたのはシャルである。

帝政圏の占領下にあったこの街を奪還したことで、兵士たちに対する市民からの受け入れは良好なものだった。

それに加えてシャルの場合、よく街の人々の細々とした頼み事を引き受けたりしていることもあってとりわけ評判が良かったりもする。

ただでさえ珍しい女性兵士で、しかも少年兵。そんな彼女の立場もあって、今では街の人々から孫みたいに可愛《かわい》がられていた。

着慣れない衣装にそわそわしている四月《よづき》を見ながら、彼女は満足げにうんうんと頷《うなず》く。

「せっかく貰《もら》ったけどサイズが合わなかったし、着る機会もないからどうしようって思ってたんだけど――うんうん、しーちゃんとっても似合ってる。やっぱり私の目に狂いはなかったよ」

そんな二人のそのまた隣で、カイはというと二人の胸部あたりを見比べながら深刻そうな顔で唸《うな》る。

「なるほどな、このサイズ差じゃあシャルが着たら大事件だぜ……。まあ俺はそれも見てみたかっ――あ、すまんなんでもないなんでもないから殴らないで」

じろりと睨《にら》むシャルに両手を上げて降参するカイであった。そんな二人をよそに、当の四月《よづき》はというとくるりと回ったり、両手を広げたりしながら、まじまじと自分の姿を見つめている。

「可愛《かわい》い服……こんなの着たことないから、なんだか私じゃないみたい」

どこか嬉《うれ》しそうにそう呟《つぶや》いた彼女を満足気に見つめながら、シャルはレンカへと向き直って、

「ねえねえ、すっごい似合ってるよね、レンカ！」

なんて、意見を仰いでくる。すると四月《よづき》まで、珍しく少し恥ずかしげな表情でレンカの方をじいっと見つめて、

「…………どう、かな」

なんて訊《き》いてくるものだから、レンカは「ぐ」と言葉に詰まる。

いや、無論。端的に言ってしまえば――すごく、似合っている。

白髪混じりの青い髪に白いワンピースという組み合わせは実に爽やかで。もともとの彼女のどこかおっとりとした雰囲気も相まって、すました顔で歩いていればどこかのお姫様か何かと

思うかもしれない。

そんな感想ばかりが頭の中をぐるぐると回って。しかしどうにも、口に出しづらい。ものすごく恥ずかしいことを考えている自覚は、レンカとてあった。

なので結局、

「……………似合ってるんじゃ、ないか」

なんて、いつもの五割増しくらいの仏頂面《ぶっちょうづら》でそう返すことしかできなかった。

対する四月《よづき》はというと、そんなレンカの反応に——てっきりいつもみたいに年上風を吹かせてくるのかと思いきやそうではなく、

「似合ってる……似合ってる、かぁ。そっかぁ……」

なんて、口の中で転がすように何度も呟《つぶや》いて、しげしげと己の格好を見回して口元を緩めていた。

そんな二人をじっと見ながら、「そうだ」と何やら思いついた様子でカイが口を開く。

「なあ四月《よづき》さん。せっかくだからその服で、街に出てみないか？」

「ええ!?」

「珍しくいいいこと言うじゃない、カイ！　そうだよね、こんなに可愛《かわい》いんだもん、街の皆をびっくりさせなきゃ！」

素っ頓狂な声を上げる四月《よづき》に、シャルまでも珍しく同意を示す。

そんな状況に戸惑いながら、レンカの方に視線を送ってくる四月《よづき》。そんな彼女に、レンカは問う。

「……イヤなら、そう言ってもいいと思うぞ」

「イヤってわけじゃ、ないんだけど。守衛官《ディフェンダー》からも外出自体は禁止されてないし……でもちょっと、不安で。私——普段は人のいるところは避けて来るから」

おずおずとそう呟《つぶや》く彼女に、横からカイが胸を叩《たた》きながら告げる。

「なぁに、それなら心配ご無用だぜ。四月《よづき》さんのことなら俺たちがきっちりと守ってやるから」

わざとらしく跪《ひざまず》いてみせる彼を呆《あき》れたように一瞥《いちべつ》しながら、シャルも苦笑する。

「こいつのアホはいつものことだから放っておいて。でもまあ、私もしーちゃんと一緒に、街を歩いてみたいかな」

そんな彼女の言葉に、四月《よづき》ははっとした顔で沈黙した後——嬉《うれ》しそうに頷《うなず》く。

「……私も。私も皆と、外に行ってみたい！」

「なら決まりだな。おいレンカ、お前も知らんぷりしてないで、ちゃんと四月《よづき》さんをエスコートするんだぞ」

「えへへ、えすこーとしてよね、レンレン」

分かっていなさそうな調子でそんなことを言ってくる四月《よづき》に小さなため息を吐きながら、レンカはシャルへと向き直る。

「……けど、シャル。こいつがこのまま外出たら、流石《さすが》に目立ちすぎるんじゃないか」

人間離れした真っ青な、白髪混じりの髪。服装が違えど、この特異な髪を見れば皆すぐ彼女を「聖女」と認識するだろう。そうなれば余計な混乱を招きそうなものだが——けれどシャルは「大丈夫」と大きく頷《うなず》き、服を入れてきたのであろう大きめの鞄《かばん》から何かを取り出す。

現れたのは、つばの広い大きな麦わら帽子だった。

「これも貰《もら》ったの。これを被《かぶ》ってれば、あんまり目立たないんじゃないかな。綺麗《きれい》な髪を隠しちゃうのはちょっと、残念だけどね」

「わぁ……ありがと、シャル！」

渡された麦わら帽子を被《かぶ》ってくるくると回ってみせる彼女を見ながら、レンカは肩をすくめて息を吐く。

……まあ、こんなのもたまには、悪くはないか。

■

昼下がり。五月にしては少し肌寒い昼下がりの街並みを、並んで歩く。

シャルの麦わら帽子の効果か、時折おや、という顔でこちらを一瞥《いちべつ》するものはあれど、意外にも通行人たちが四月《よづき》に気付く様子はなかった。

街をほとんど歩いたことがない、という言葉に嘘《うそ》はなかったようで、四月《よづき》はというと、市民や兵士たちでごった返す大通りをきょろきょろと見回しながら進んでいく。

その辺りに広がっている露店などを見るたびに立ち止まっては質問してくる彼女の様子は、まるで初めて一人で買い物に出かける幼子のようでもあった。

「あんまり走ってどっか行くなよ。迷子になられたら困る」

「む、レンレンってばそんなこと言って。……あ、手繋《つな》ぐ？　レンレンが迷子になっちゃったら困るものね」

えへへ、と無邪気に笑って手を差し伸べてくる彼女に「いい」と首を横に振りつつ、レンカは彼女がいなくならないよう視界の端に収め続けておく。

そんな最中、また四月《よづき》は何かに興味を示したらしい。

「わぁ、何だろう、あの建物。すっごい大きい」

もう何度目か分からないそんな質問に、レンカは彼女の指差す先を見る。

そこにそびえ立っていたのは――立派な石造りの大きな建物。以前、四月《よづき》の姉妹の名付けのために資料を借りてきた市立図書館だった。

「あれは、図書館だな」

「としょかん」

「本がたくさん置いてあるところだ。この前借りてきた本も、ここにあったやつだよ」

「へぇ……外にはそんなところがあるんだね。三次《みつぎ》ちゃんが喜びそう」

三次《みつぎ》とは、彼女のひとつ上の姉である……らしい。以前言っていた話では確か、本好きなんだと言っていたか。

しかし当の本人は別にそれほど本への執着はないらしい。レンカの説明に納得すると、再びふらふらと歩き出す。

……と、そんな時。彼女の足がぴたりと止まって、レンカは首を傾《かし》げる。

「どうしたんだ」

「ええと……なんか、あそこに変なのがいる」

「変なの？」

彼女が指さした先は、路地裏の暗がりに光るふたつの目。よくよく見てみるとそれは、黒毛の野良猫《のらねこ》のようだった。

「ああ、ただの猫だよ、しーちゃん」

シャルのそんな言葉にしかし、彼女はというと不思議そうな顔で訊《き》き返《かえ》す。

「……ねこって、何？」

「へ？」

まさかそんなことを訊《き》かれるとは思わなかったのだろう、目をぱちくりさせて言葉を失うシャル。そんな彼女の横で、助け舟を出したのはカイだった。

「あー、猫ってのはだな、うん、なんだ、毛玉だよ。ぐにゃぐにゃと伸び縮みしたり曲がったりする毛玉。でも生きてるからな、乱暴に扱っちゃダメだぜ」

「毛玉……」

その教え方でいいのかは甚《はなは》だ疑問であったが、とはいえ四月《よづき》はなぜか納得したらしい。

しゃがみ込んでじいっと路地裏の猫を見つめていると、猫の方もしばらく、彼女を試すようにじっと見つめて――驚いたことに、彼女の足元へ近付いてすり寄ってきた。

「わ、わわ」

「お、凄《すご》いぞ。猫は警戒心が強いからな、懐《なつ》かれるなんてそうそうないぜ」

「どうしたらいいの?」

「撫《な》でてやると、喜ぶ」

そんなカイの言葉通り、彼女はおずおずと野良猫《のらねこ》の頭を撫《な》でる。猫はしばらくうっとりした顔で身を任せ始めた。

夢中で猫を撫《な》で続《つづ》ける彼女の傍《わき》で、レンカは少し驚いた様子でカイを見る。

「……お前、人にもの教えるの、得意なんだな」

「へへ。うちにちびすけどもがいっぱいいるもんでな。お手のもんよ」

「意外……」

シャルも少しばかり感心したふうにそう呟《つぶや》いて、と、そんな時のことだった。

「あ」

四月《よづき》が小さく声を上げて。見ると、さっきまで撫《な》でられていた野良猫《のらねこ》が彼女の手を離れ、再び路地裏へと消えていた。

「いなくなっちゃった……撫《な》で方《かた》、悪かったのかな」

「猫ってのは気まぐれだからな、そんなもんさ。……でもびっくりだぜ。四月《よづき》さん、猫って見たことなかったのか？」

「うん。……こういう知識は、必要ないって言われてたから」

あっけらかんとした様子で頷《うなず》く四月《よづき》に、カイは大仰に肩をすくめて口笛を吹く。

「四月《よづき》さん、やっぱり本当はどっかのお姫様か何かだったりするんじゃないか？」

「あはは」

そんなカイの冗談にどこか嘘《うそ》っぽい笑みを浮かべながら、再び彼女はゆるゆると歩き始める。

——。

それからまた街を歩いているうちに、レンカはふと、あることに気付いた。

「……にしても今日は、普段より混んでないか」

そう。しばらく経ったとはいえ、つい先日まで帝政圏の占領下にあった街である。

最近は出歩く軍人の姿こそ増えていたものの、市民たちはそれほど出歩いていなかったのだが──今日は妙に、街中に軍人以外の姿が多く見られるのだ。

何かあるのだろうか、と。そんなレンカの疑問に答えたのは、シャルだった。

「清星節《せいせいせつ》のお祭りをやり直してるんだって。ちょうどそのくらいの時期に、帝政圏の占領下に入っちゃったから」

「……なるほど」

伝統的に、十二月には清星節《せいせいせつ》という祝祭がある。

宗教上の何かしらの説話が原点らしいが、あいにくとレンカは宗教の類には疎《うと》いためによく知らない。知っているのは、十二月の二十五日がそのお祝いの日であり、その日が近づくとだいたいどこの地域でも祭りで賑《にぎ》やかになってくるということくらいだ。

「お祭り、かぁ。なんだか楽しそう」

「そりゃあもう、楽しい日だぜ。なにせ清星節《せいせいせつ》といえば、別名『恋人の日』って呼ばれるくらいでな──ほら見てみろよ、ちょうどこの辺の広場なんてカップルだらけだ。ああ嘆かわしいね、戦争中だってのに幸せそうで何よりだぜ」

何やらテンションを上げたり下げたりしているカイを無視しながら、レンカは周りを見回してみる。なるほど確かに、軍人連中に混じって市民らしい男女の二人連れがちらほら見える。

「恋人、かぁ。……私たちも、傍《はた》から見えたらそんな感じに見えるのかな」

顔をこころもち赤くしてそう呟《つぶや》いたシャルに、カイはというと大きく頷《うなず》いて。

「確かにな。だとするとカップリングがどうなるかが問題だ。ああいや俺としては胸は大きい方が好きなんだが、おしとやかさって意味じゃあ四月《よづき》さんも——」

「あんたに選ぶ権利はない」

なんて、いつもどおりのバイオレンスなやり取りを横目にレンカが呆《あき》れ顔《がお》になっていると、レンカの袖をくいくいと引いて、四月《よづき》が口を開いた。

「ねえねえ、レンレン。『こいびと』って、なに?」

「……は?」

何の冗談かと思って彼女を見返すが、至極純粋な視線を向けてくるばかりで、からかっているふうでもない。どうやら本気で意味が分かっていないらしい。

さっきの猫のことといい、世間知らずなのは分かっていたが——ここまでとは。

じっとこちらを見つめてくる彼女に、レンカは妙な後ろめたさを感じて視線をそらす。

「……別に、どうでもいいだろ」

「よくないわ。気になるもの」

唇を尖《とが》らせて詰め寄る四月《よづき》に、どう答えたものかとレンカが悩んでいると——代わりにカイが妙ににやつきながら口を挟んできた。

「いいかい四月《よづき》さん。恋人ってのはな、お互い好き合ってる二人のことを言うのさ」

「好き、あってる?」

「おうとも。一緒にいるとどきどきして、楽しくなってくる。そんな相手のことだな」

「どきどきして、楽しい……」

したり顔でそう説明するカイに、四月《よづき》は感心したように大きく頷《うなず》いて。

それからなぜかレンカの方を見つめると、しばらく考えた後、

「じゃあ私の『こいびと』は、レンレンなのかな」

なんてことを言い出す。

そんな彼女の言葉に、レンカよりも先に反応したのはシャルだった。

「なななな っ、しーちゃん、なんでそんなことを⁉」

凄《すさ》まじく動揺してそう問う彼女に、四月《よづき》は不思議そうな顔をしながら、

「だって、レンレンと一緒にいると楽しいし、レンレンのこと、好きだもの。……ああでも、シャルやカイのことも好きだから……うーん、二人も私の『こいびと』なのかな？」

なぜかレンカに向かって首を傾《かし》げてくる彼女に、

「俺としてはそれもやぶさかではない」

「カイは黙ってて。……はぁ、そういうことか、びっくりしたぁ」

口々にそう言う二人。レンカもまた、顔にこそ出さなかったものの疲れたように小さくため息を吐き出した。

まだよく分かっていなさそうな四月《よづき》に、シャルが肩をすくめながら耳打ちする。

「あのね、しーちゃん。恋人っていうのは——」

しばらくごにょごにょと話しているうちに、四月《よづき》はその青い目を大きく見開いて、ほんの少しその白い頰を赤らめた後。

「……………そっかぁ」

と、何やら納得した様子で二度三度と頷《うなず》いたきり静かに黙り込む。どうやらシャルのレクチャーは適切なものだったらしい。

無言でちらちらと見てくる四月《よづき》の視線が妙に気になったが、ひとまず気付かぬふりをしながらレンカは妙な空気を変えるべく、無理矢理に言葉を発した。

「あー、えーと。なあ四月《よづき》、次はどこに行く?」

「え、あ、うん……」

さっきまでの天真爛漫《てんしんらんまん》さから打って変わって借りてきた猫みたいに大人しくなった彼女。

その変わりように、レンカはシャルへとこっそり問う。

「……なあシャル。一体なんて説明したんだ?」

そんなレンカの質問に、シャルはと言うと少しだけ沈黙を挟んだ後、

「…………秘密」

彼女もまた少しばかり頰を赤くしながら、そんな答えを返してくる。一体なんなんだ。

レンカが途方に暮れていると、そんな奇怪な空気を打ち破るようにカイが声を上げた。

「お、見ろよレンカ。なんか面白そうなのやってるぜ、ほら」

「え？」

そう言って彼が指さしたのは、近くの建物の壁にあった張り紙。

この近くの広場で、野外劇の公演をやっているらしい。その告知のチラシだった。

「演劇……。見てみたいかも」

興味津々《しんしん》でチラシを覗《のぞ》き込《こ》む四月《よづき》。その様子からして、次の目的地は決まったようなものだった。


――。


少し歩いて市街地外れにある野外劇場へ足を運ぶと、芝の敷かれた広場はまばらながら客で埋まっていて、喧騒《けんそう》と音楽とが雑多に混ざり合った独特の空気を生んでいた。

ちょうどまだ劇が始まる前のようで、舞台の周りでは楽団たちが音合わせがてらに軽妙な音楽を演奏している。

「わぁ……」

そんな光景に早々に目を奪われて、感嘆の声を漏らす四月《よづき》。彼女の隣でレンカはというと、近くで配っていた舞台劇のチラシに視線を落としていた。

演目は、「白夜《びやくや》姫《ひめ》」というらしい。

何かしらの童話か宗教的な説話が元なのだろうけれど、レンカはそういった話にはとことん疎《うと》いためピンと来なかった。

そんなレンカの様子に気付いたのか、カイが小声で口を開く。

「『白夜姫《びやくやひめ》』ってのは、この手の演劇じゃお決まりのお題目さ。お前にゃあんまり馴染《なじ》みはないだろうけどな」

「ほっとけ。……それにしても本当に、お前無駄にこういうの、詳しいよな。どこで仕入れてくるんだ？」

そんなレンカの問いかけに、カイはドヤ顔で鼻の穴を膨らませる。

「こう見えて、教養ってやつがあるのさ」

「そう見えない自覚はあるんだ……」

横からのシャルの突っ込みに呻《うめ》くカイ。と、そんなやりとりの最中で四月《よづき》が声を挟んだ。

「ねえねえ、カイ。どういうお話なの、これ？」

それはレンカも訊《き》きたかったことだった。興味津々《しんしん》の四月《よづき》に、カイは得意げな顔で大きく頷《うなず》く。

「四月《よづき》さんのためなら、語ってみせましょう。……まあ簡単に言うと、恋物語だよ。とある国のお姫様が、戦争で滅びそうになってる国を救うために神様の力を借りるんだが——そのかわりにその神様に、呪われちまうんだ」

「呪われる?」

「ああ。どんな戦でも負けない力を得る代わりに、契約からきっかり一年が経ったら神の元に召される。そういう呪いを受けちまうのさ」

そんなカイの説明に、四月《よづき》は無言で微《かす》かに瞳を揺らした後、小さく頷《うなず》く。

「それで? そのお姫様は、どうなるの?」

「細かいことはネタバレになるから省くけど、まあざっくり言うと、お姫様が神様から貰《もら》った力のおかげで国は周辺諸国をなぎ倒して繁栄するんだ。んで、そうこうしてるうちに一年の期限が近付いてくる。……けど彼女が神様のところに連れて行かれるのを、よしとしない奴《やつ》がいたんだな」

「それって?」

「お姫様を守る、騎士さ」

ぴんと人差し指を立てて、カイは話を続ける。

「お姫様には、忠実な騎士がいた。そいつはお姫様と大の仲良しで、そいつだけはお姫様の呪いのことを知っていたんだ。……だから当然、そいつは考えた。どうすればお姫様の呪いを解くことができるのかってな」

「……それで? どうすればいいの?」

すっかり夢中になった様子で促す四月《よづき》に、カイはにんまりと笑う。

「『恋』さ。神様からの呪いを解くには、誰かと恋に落ちればよかったんだ」

「恋……」

「もともと、お姫様もその騎士のことを密《ひそ》かに想っていた。だがお姫様はその想いをずっと、隠してたんだ。神様に力を授かる時に、彼女は教わっていたから。……誰かと結ばれてしまったら、その力は消えてしまうって。だからお姫様はあえて、騎士を遠ざけようとした。神様の力を借りながら、騎士に試練を与え続けた」

「……それで」

「けどその騎士も、諦めが悪くてな。ありとあらゆる手を使って、お姫様のところに近付こうとしたんだ。……何を隠そうそいつ自身も、お姫様のことが好きだったから」

饒舌《じょうぜつ》に、彼は語る。

「お姫様のところにたどり着いた騎士は、彼女に言った。力なんて必要ない。自分たちが、これからも貴方《あなた》を、国を守り続けるからって。……その心意気にたいそう胸を打たれた神様は、お姫様のことも騎士のことも認めて、呪いを解いた。かくしてめでたしめでたし、清々《すがすが》しいくらいのハッピーエンドってわけさ」

ぱん、と手を叩《たた》いてそう締めくくったカイに、四月《よづき》は「へぇ……」と感嘆の声を漏らす。

「とっても、幸せなお話なんだね。……ふふ、楽しみだな」

そう言って舞台の方へと視線を移す彼女。

……と、丁度そんな時。舞台の上に進行役らしい髭面《ひげづら》の男が登壇してくると、マイクを片手に声を張り上げた。

「さあさ、本日は皆様お集まり頂きどうも、どうも！　……これよりお見せするはとある悲恋。神々に呪われた白の姫君と、彼女に恋した黒の騎士――清ら星の下、神に逆らった愚かで一途《いちず》な二人の恋物語にございます！　さあどうぞ、ご笑覧下さいませ！」

そんな前説を終えて、進行役の男が下がると同時。舞台袖の楽団たちが、ゆっくりと繊細な指さばきで弦楽の音を奏《かな》で始《はじ》める。

辺りの喧騒《けんそう》の中でなお、しっかりと耳に届くか細い旋律。その中で舞台に躍り出たのは、真っ白なヴェールをまとった女性と黒い外套《がいとう》の男性。


――舞台は、廻《まわ》る。

それは遠い昔の物語。いつか、どこかにあった小さな国でのこと。

その国には一人の姫君がいた。周辺諸国の脅威にさらされて滅びに瀕《ひん》していた国を救うため、彼女はとある手段を試みた。

遠い昔に忘れ去られていた、旧《ふる》き神との契約。

神は姫君に、力を与えた。ありとあらゆる戦場において、勝利する力。何物にも傷つけられない無敵の体に、全てを薙《な》ぎ払《はら》う神の光。

神と契約を結んだ姫君を旗印に、小国はみるみるうちに周辺諸国を押し返し、いつしかひとつの巨大な国へと成長していた。

民衆は姫君を讃《たた》えた。彼女の下、永遠の繁栄を信じて疑わなかった。

けれど——姫君の後ろに控える騎士だけは知っていた。姫君の得た力の、その対価を。

契約を結んだ日から一年。ちょうど次の十二月、彼女は神に連れ去られてしまうのだということを。

「我が姫よ。私は貴方《あなた》をお守りしたい」

「いいえ、私の大好きな白き騎士。それは決して叶《かな》わぬこと」

そんな姫君を救うため。彼女の騎士は、どうにかして神が彼女にかけた呪いを解こうと奔走する。

やがて彼は、東の賢者の元でその答えを得た。忘れられた神の呪い。それを解くには——「恋」が必要だと。

姫君の元に戻った騎士は、彼女にそれを伝えようとする。けれどそんな彼に、姫君は首を横に振った。

「我が姫よ。私は貴方《あなた》をお救いしたい」

「いいえ、私の大好きな白き騎士。それは決して許されぬこと」

姫君は、知っていた。姫君が神との契約に背けば力は失われ、神の力で得た繁栄もまた、全てが無に帰してしまう。

そんなことがあってはならない。大好きな国のため、大好きな人たちのために、姫君は己を犠牲にしようとしていた。

救いの手を差し伸べようとする騎士に、姫君は神の力で試練を与える。

煉獄《れんごく》の炎に身を焼かれ、その白銀の甲冑《かっちゅう》が煤《すす》と灰で漆黒色になってもなお、騎士は彼女の元へと手を伸ばそうとした。

姫君は、騎士が大好きだった。身分違いゆえに決して成就《じょうじゅ》することがないと知りながらも、秘めた想いを募らせていた。

だからこそ、彼女は彼を遠ざけようとして。けれど騎士は――たどり着いてしまったのだ。

思わず見入っていたレンカは、我に返って隣の四月《よづき》を横目で見る。

彼女もまた、かつてないくらいに真剣な顔つきで舞台を見つめているようだった。

……と、そんな時のことである。舞台上に視線を戻すと、役者たちが舞台袖にはけて、劇伴《げきはん》の演奏がフェードアウトしていた。

しんと静寂が包む中、聞こえてきたのは最初に出てきたあの進行役の男の声。

「竜の炎を打ち払い、嘆きの沼と槍穂《やりほ》の雨を踏み越えて。黒の騎士はついに、姫君の前にたどり着く。……さていよいよ大詰めでございますが、ここで我々はひとつ皆様にご協力を願いたい！」

舞台上に出てきて、ぐるりと観客たちを見回す男。何事かと思っていると――

「ここからは、お集まり頂いた皆様に『黒の騎士』と『白の姫君』を演じて頂きたく思うわけであります！」

なんて、そんなことをのたまったのだ。

どよめく観客たちを前に、進行役の男は続ける。

「記念すべき清星節《せいせいせつ》の祝祭の日。今ここにお集まりの皆様もまた、かの姫君と騎士のように、強い愛の絆《きずな》で結ばれた方々に相違ないでしょう。……さあ、いかがでございましょう！　二人の絆《きずな》を見せつけたいと思う方は、いらっしゃいませんかな？」

そんな進行役の言葉に、レンカたちの周りにいたカップルらしい観客たちがざわつき始める。

「飛び入り劇かぁ。面白そうじゃない？」

「やってみてもいいかも」

「でも――」

なんて、そんな声が漏れ聞こえる中、レンカはというとあまり目立たないように、心持ち身を潜めていた。

演劇なんてやったこともないし、そもそもやる気もない。こういうのはやりたい連中に任せておけば――と、そう思った矢先のこと。

「はい、はい！　私やってみたいです！」

……と。すぐ隣から大きな声が聞こえて、レンカはぎょっとして視線を遣《や》る。

大きく手を挙げてそうのたまっていたのは、なんと四月《よづき》だった。

衆目が一斉に、彼女に集まる。壇上の進行役も彼女を認めて、喜々とした様子で声を上げた。

「おおっと、元気のいいお嬢さんだ！　よいでしょう、こういうものは早いもの勝ちです——さあ、お嬢さん。貴方《あなた》のナイト様と一緒に、どうか壇上へ！」

そんな男の言葉に頷《うなず》いて、あろうことか四月《よづき》はレンカの手をとる。

「なっ……おい、四月《よづき》、ちょっと待て」

思わず狼狽《ろうばい》するレンカに振り向くと、四月《よづき》は少しばかり不安そうな顔になって、

「……レンカは、いや？」

そんな返しにレンカは言葉を詰まらせると——後ろのカイとシャルに助けを求めようとする。

しかしカイは案の定というか、「行って来い」と言わんばかりの愉快そうな笑みを浮かべているし、シャルの方はというと何やら生気が抜け落ちた顔で呆然《ぼうぜん》としている。

どちらにせよ、助け舟になってくれそうな様子はなかった。

周りの観客も、舞台上の進行役も、何より四月《よづき》も期待に満ちた表情でこちらを見ている。

流石《さすが》にこの空気の中で断れるほど、レンカは空気が読めない人間ではなかった。

「……ああ、もう。わかった、付き合ってやるって」

「やった！」

「ではお話がついたようですので、お二方には壇上にお越し頂きましょう！」

進行役の言葉に従って、四月《よづき》に手を引かれながら半ば観念して舞台に上がるレンカ。

すると先程まで「姫君」と「騎士」の役だった役者たちが舞台袖から姿を現すと、彼らは四《よ》月《づき》とレンカにそれぞれ白いヴェールと黒い外套《がいとう》とを着付けしてくれた。これが各役柄のトレードマークということなのだろう。

「……なあ、セリフとかはどうすれば？」

騎士役だった役者に問うと、彼は小さく笑って首を横に振る。

「心配しなくていいですよ。そのへんの演出は、舞台裏で僕らがやりますから。演技とかも必要ありません」

「……？　じゃあ、俺たちは何をするんだ？」

そんなレンカの質問に、役者はいたずらっぽい笑みを浮かべて、

「この作品のラストシーンの一幕。……つまりは騎士が、姫君の呪いを解くために接吻《せっぷん》、つまりはチューするシーンですね」

「なっ」

思わず固まるレンカを置いて、「頑張って」と言い残すと役者は舞台袖に引っ込んでいく。

楽団たちの演奏が再開されて、ややあって役者たちのナレーションが聞こえてきた。

『神の試練を乗り越えて、姫君のもとにたどり着いた黒の騎士。彼は姫君へと寄り添うと、愛の言葉とともに誓いのキスを交わすのです――』

そんなことになるとは、当然四月《よづき》の方も思っていなかったらしい。

目の前で沈黙する四月《よづき》。真っ白なヴェールの陰からのぞく彼女の顔は、今まで見たこともないくらい真っ赤になっていた。

……くそ。なんて劇だ。胸中で悪態をつきながら、とはいえレンカもまた、どうすることもできずに硬直する。

どうあれ舞台に上がってしまった以上、やるしかないような気もするのだが。しかし――と、もう一度四月《よづき》のほうを一瞥《いちべつ》すると、

「……ねえ、レンレン」

ぽつりと、観客には聞こえない程度の小さな声で彼女が囁《ささや》く。

「しちゃう？」

何を、とは、訊《き》き返《かえ》すまでもなかった。ただレンカは、動揺を顔に出さないようにしながら四月《よづき》を見返す。

「……しちゃう、って。あんた、どういうことかわかって――」

「知ってるよ。さっき、シャルちゃんが教えてくれたから」

はにかむように微笑《ほほえ》んで、彼女のほっそりとした手がレンカの頬に触れる。

「『こいびと』同士は、そういうことをするって。……たぶん私たちも今、『こいびと』ってことになってるんだよね。なら――」

そう言って彼女は、ゆっくりと目を閉じる。

どういう意味か、なんて、いまさら訊《き》くこともできまい。

真っ白な肌、上気した頬、同じくらいに赤い唇。視線を移ろわせながら、レンカは何も考えられずに硬直する。

数多《あまた》の戦場で、いくつもの死線を潜《くぐ》ってきたけれど、こんなに頭が真っ白になったことはそうそうなかった。

そうして、何秒ほどが経っただろう。レンカにとっては数時間くらいにも感じられた刹那の後、やがて四月《よづき》が片目だけ開けて、レンカの表情を見つめた後で苦笑を零《こぼ》した。

「もう、レンレンってば。男の子なのに情けないなぁ――ほら」

そう言って、彼女の頭がすっと動いて。

右頬になにか温かな感触があったと思った時にはもう、彼女は一歩離れてこちらを見ていた。

「今日はこのくらいで、勘弁してあげる」

そう呟《つぶや》いて、四月《よづき》が小悪魔めいた笑みを浮かべるのと同時。客席の観客たちが、一斉に歓声

やら口笛やらを送ってくる。

そんな彼らに向かって手を振る四月《よづき》を呆然《ぼうぜん》と見つめていると——その時、びゅうと一陣、強めの風が吹き抜けて彼女のヴェールを巻き上げていく。

「あ」

ひと目見れば忘れない、真っ青なその髪があらわになって。

観客たちの視線が一斉に集まる中——ようやく立ち直ったレンカは無我夢中で彼女へと身を寄せる。

「……くそ、逃げるぞ！」

「え？　え？」

彼女の髪を見れば、ピンとくる者は多いだろう。「聖女」が街中をうろうろしていたと分かれば色々と妙なことにもなりかねない。

とっさにそう判断すると、レンカは四月《よづき》を衣装の外套《がいとう》にかくまって足早に舞台袖へと駆け込むと、外套《がいとう》と引き換えに預けていた彼女の帽子を受け取り、彼女の手を引いて足早に駆け出す。

……右頬はまだ、ほんのりと熱を帯びているようだった。

■

後から合流してきたシャル、カイとともに、なるべく野外劇場から遠ざかろうと走り続けて。

……そうこうしているうちに、いつの間にか空は青から橙色《だいだいいろ》へと変わりつつあった。


街の外れにある小高い丘。市街地を一望できるそこに設《しつら》えられた展望公園で、レンカたちは走り疲れてへとへとになった身体を休めていた。

年季の入った木製のベンチに座りながら脱力するレンカたちと対照的に、四月《よづき》はというと、切り立った丘の際、木製の手すりを摑《つか》んで身を乗り出すようにして街を眺めている。

「あー、楽しかった！」

なんて、目をきらきらさせながらこちらへと振り返る彼女に、

「そりゃよかった。俺は生きた心地がしなかった」

レンカはというと、げっそりとしながらそう返して深いため息を吐き出す。

そんなレンカに、四月《よづき》はいたずらを成功させた子供みたいな笑みを浮かべてみせた。

「ふふ、あの時のレンレンの顔、面白かったわ。キスくらいであんなに驚くなんて、やっぱりレンレンはお子様ね」

「あんたが言うな。自分だって、聞きかじっただけだろ」

「う。まあ、そうだけど」

唇を尖《とが》らせる四月《よづき》から視線を外して、レンカは横で同じくぐったりとしていたシャルに目を向ける。

「シャル、お前も妙なことを吹き込むな」

「……そうね……私もほんと、そう思った………」

なぜだか当事者であったレンカよりもよほど憔悴《しょうすい》した様子で俯《うつむ》く彼女を不思議に思いながら、とはいえそれ以上は追及せずにレンカはもう一度、肺の中の息を吐き出す。

「……もう二度と、間違っても劇なんてやらないぞ」

「えー。私はとっても楽しかったよ？」

「どこが」

四月《よづき》に向かってそう問い返すと、彼女は満足げに目を閉じながら言葉を続けた。

「普段は、人のいないところをこっそり歩いてたから。……あんなに大勢の人がいるところに行ったの、今日が初めてだったんだ」

大げさな、と思いながらも、一方でそれは真実なのだろうと思えた。

世界のことを、彼女はあまりにも知らなすぎる。一体どんな身の上であればそんなことになるのかは分からないけれど——彼女はきっと、ずっと、世界と繋《つな》がることなく生きていたのだ。

青い髪の房を揺らしながら、彼女は顔を上げる。

「舞台の上から見て、思ったの。外ってこんなにたくさんの人がいて、こんなに色んなものがあるんだって。……レンレンたちに案内してもらわなかったら、全部知らないまま生きてたかも。だからね」

背景に広がる街並みを一望して、それから再び、レンカたちへと振り返って。

「私は、こういう人たちを守っているんだって――今日、初めて知ることができた。全部、皆のおかげ。本当に……本当に、ありがとうね」

ぺこりとお辞儀をしてみせる彼女に、カイもシャルも、疲労の色を残しながらもさっぱりとした笑顔を返す。

「おう、いいってことよ」

「また、一緒に遊ぼう？」

「……うん！」

二人の言葉に、大きく頷《うなず》きながら微笑を返した後――彼女は公園に設置された大時計を見て「あ」と声を上げた。

「どうしよ、早く帰らなきゃ。門限破ったら、怒られちゃう」

あたふたと慌てた様子で手すりから離れ、こちらに走ってこようとした、その時だった。

「——あれ？」

と、間抜けな声が漏れて、その直後。

どさりと、彼女はそのまま前のめりに倒れて、むき出しの地面に突っ伏す。

「……四月《よづき》！」

思わず声を上げて、誰よりも早く駆けつけたのはレンカだった。

倒れ伏した彼女の身体を抱き起こそうとしてむき出しの肩に触れて、瞬間、レンカは眉根を寄せる。

「身体が、熱い。……熱があるのか？」

そんなレンカの言葉に、しかし四月《よづき》はというとうつろな表情のまま荒く息をするばかりで。

そんな彼女の様子に、レンカはただならぬものを感じる。

彼女の身体を抱き起こそうとして、その時隣でシャルが怯《おび》えたような声を上げた。

「レンカ、これ……しーちゃんの、足」

足？　彼女の言葉に視線を移して、レンカは絶句する。

いつもと違ってタイツを履いていない、素肌の足。しかし真っ白だったはずのその右足は

——どうしたことか脛《すね》の半ばくらいまでが、赤黒く変色していたのだ。

一体何が起こっている？　思考を巡らせて、レンカはすぐに思い出す。

それはあの日の夜のこと。二人が出会ったあの夜、あの時も彼女はこうして、苦しんでいた。

「四月《よづき》。おい、四月《よづき》。しっかりしろ！」

真っ白になりそうな頭で、レンカは声掛けを続けながら周りを見回す。どうすればいい、どうすれば？

そう必死で思考を巡らせたところで、レンカははっと思い出す。

最初に出会った晩。彼女は何か、注射剤を持っていた。

……あれを使えば、あるいは。そう直感して、レンカは朦朧《もうろう》とした様子の四月《よづき》に声を掛ける。

「四月《よづき》、あんたこういう時の薬を持ってるんじゃないのか。あの日みたいにそれを使えば……」

けれどそんなレンカの言葉に、四月《よづき》はというと弱々しく首を横に振り、

「ごめ、ん。あれは……あの日だけ、特別だったから……」

理解できない部分はあったが、とにかく今は持っていないということなのか。

一縷《いちる》の望みすら断たれて、レンカは焦《あせ》りから、ぎり、と歯嚙《はが》みする。

このままじゃ。このままじゃ、四月《よづき》が。

最悪の想像が勝手に頭の中を駆け巡って、胸が締め付けられる。

何も考えられなくなりそうになって——しかしそんな時のことだった。

「おい、お前ら。そこをどけ」

割って入ってきた新たな声に、レンカたちは一斉にそちらを見る。

すると——いつからそこにいたのか。そこに立っていたのは一人の、大柄な男だった。年の頃は三十路《みそじ》かそこらだろう。真っ黒な髪に真っ黒な瞳。極東風の精悍《せいかん》な顔立ちの、見知らぬ男だ。

背は高く、一八〇センチメートルはゆうにある。引き締まったその長身を包んでいるのは漆黒色の強化兵装《パッケージ》——ようやく試験運用段階に入ったという噂《うわさ》のある、歩兵用の全身強化装備か。だとすればこの男は、軍人なのか？　疑問を浮かべるレンカをよそに、彼は迷いのない足取りでつかつかとこちらに大股で歩いて来ると——

「邪魔だ、ガキ」

低い声でそう呟《つぶや》いて、一切の躊躇《ちゆうちよ》もなくレンカをその太い腕でぐいと横に押しのける。

機械補助による筋力増強がなされた腕力で除《の》けられて、盛大にその場に転がるレンカ。そんなレンカになど一瞥《いちべつ》もくれずに、彼は腰のポーチから何かを取り出して組み立てる。

金属製の円筒。それはあの時四月《よづき》が持っていたのと同じ、注射器だった。

「あな、た——」

うつろな瞳で彼を見上げて、何かを言おうとする四月《よづき》。そんな彼女にお構いなしに、男は彼女のふくらはぎのあたりに無造作に注射針を刺す。

すると――それは本当に、あっという間のことだった。

苦しげな彼女の呼吸が、ものの数秒のうちに穏やかな調子へと変わって。

真っ黒に変わり果てていた右足もすでに、もとの色味を取り戻している。

体力を使い果たしたのか、そのまま安らかな寝息を立てて眠り始める四月《よづき》。そんな彼女に駆け寄ろうとして、けれど男の鋭い視線がレンカを射抜く。

ぞくりと、背筋が凍りつくようなその感覚はまるで、銃弾飛び交う戦場の真《ま》っ只中《ただなか》にいる時のようで。

それだけの殺気を、目の前の男は無言のままに放っていた。

「……あんた、何者だ」

こわばる唇でそれだけ問うと、男から返ってきたのはただ一言。

「お前には、関係ない」

低い声でそう言い放った後に、彼は倒れていた四月《よづき》の体を抱き上げて歩き出す。

「おい、待って――」

そんな男の背に追いすがろうとして、けれどそんなレンカの前に――突きつけられていたのは、鈍く黒く光る銃口だった。

「聞こえなかったのか？　お前には、関係ない。これのことも、お前は知る必要はない」

片手で四月《よづき》を抱きかかえながら、いつの間にか抜いていた拳銃の口をレンカの額に向けて呟《つぶや》く男。

特段語気が強いわけでもない、しかし有無を言わせぬその言葉の前に、レンカは身動きひとつとれず硬直する。

「レンカ……」

聞こえてきたシャルの声に、後ろを見る。

するといつの間にか——シャルとカイの側にも、同じような黒ずくめの兵士が小銃を構えて立っていた。

レンカたちとて、言っては何だがそこそこに死線をくぐり抜けてきた兵士である。

だというのに彼らは、そんなレンカたちにまるで抵抗する隙を与えなかった。……間違いなく、とんでもない手練だ。

実力の差が分かっているから、二人も動かない。今この状況で動いても、何も好転しないであろうことは分かっているのだ。

レンカたち三人に抵抗の意思がないことを見て取ると、黒ずくめたちは銃を引き、あっという間にその場から立ち去っていく。

レンカも、シャルも、カイも、怪我《けが》はない。
ただそこに——四月《よづき》だけが、いなかった。

次の日、レンカたちがあの廃教会へ行くことはなかった。

……長らく沈黙を続けていた作戦部から、新たな作戦が発令されたからだ。

作戦内容は、敵勢力への侵攻戦。攻撃目標は、レニンベルク市の北方に展開した帝政圏の大隊野営地。

——錆《さ》びついていた戦場舞台は今再び、軋《きし》んだ歯車を鳴らし始める。

◆現在。一九四三年二月十二日十二時三十五分、レニンベルク丘上公園にて。

「『聖女』の力をどのように活用すべきかについては、当時の軍部ではまだ統一したドクトリンはありませんでした」

ベンチに腰掛けて、廃墟《はいきょ》の街並みを眼下に眺めながら火傷《やけど》痕の軍人は静かに続ける。

「なにせ、彼女たちはそれぞれ保有する『秘蹟《ひせき》』がまるで違いましたから。その力の適用範囲、効果、威力――そういったものを把握して運用計画と適切な作戦プランを立案するというのは、相当に骨の折れる作業だったそうです。彼女たちの投入を指示した『アカデミー』も、秘密主義が過ぎるせいでろくな情報を軍部に提供しようとしませんでしたしね。……ともあれそういった状況こそが、この作戦発令の遅れの理由のひとつだったと私は考えています」

当時、かのレニンベルク市奪還戦で勝利を収めた連邦軍。

彼らは市街地奪還を果たしたものの、一方で潰走《かいそう》した帝軍に対してのフォローは疎《おろそ》かにしてしまっていた。

追撃部隊の編成を計画するでもなく、およそ一ヶ月近い空白があって。その間に帝軍の残党たちは北方で増援との合流を果たし、半壊した部隊を再編成。

結果――連邦軍が手をこまねいている間に彼らはまんまと、逆襲の手はずを整えることに成功していたのである。

「作戦部としても、大失態だったはずです。『聖女』なんて扱いきれない力を運用しようと四苦八苦していたら、いつの間にか逃した敵が復活を果たしていたのですからね——何人首が飛んだかわかったものではありませんよ」

首が飛ぶ。それは当時の連邦軍の状況を考えるならば、比喩表現でもなんでもないだろう。

少しだけ、呆《あき》れ混《ま》じりにそう告げた彼に、私は質問を投げかける。

「……当時再編成された帝政圏の戦力規模は一個師団相当はあったと、人づてに聞きました。それを相手に——貴方《あなた》たちは、どのように戦ったんですか」

「おや、その答えはもう、わかっているでしょう」

どこかからかうようにそう言うと、彼は静かにこう呟《つぶや》く。

「私たちは、何もしなかった」

「何も、って……それって」

ある考えに至った私に、軍人は「ええ、正解です」と返す。

「当時の作戦部が辿《たど》り着《つ》いた彼女たちの運用法。それは爆弾の類と変わらぬものでした。敵の只中《ただなか》に放り込めば圧倒的な破壊を撒《ま》き散《ち》らして戻ってくる、便利な爆弾です。そう考えたがゆえに。そう誤解していたがゆえに彼らは——考えうる限り最悪の選択をしてしまった」

びゅう、と冷たい風が吹き抜ける中。軍人は自身の顔の火傷《やけど》痕を撫《な》でながら、目を閉じる。

155　◆現在。1943年2月12日12時35分、レニンベルク丘上公園にて。

「レヴァン平原第二号追撃戦。私たちはこの戦いで――結果として、『聖女』を喪《うしな》うことになった」

■5――一九三九年五月。聖女の雪は、降り始めた。

四月《よづき》と別れた次の日。作戦部から下った説明は、およそ理解に苦しむものだった。

以前の戦闘の後、撤退した帝軍の残党たち。その数は脅威に値しないほどのごく小数であったはずが――今ではどうしたことか、レニンベルクの北方数キロで大掛かりな野営陣を設営しているのだというのだ。

航空写真による報告では、その規模はおよそ一個師団相当。数千人の兵士、そして数十両もの戦車たちがひしめく様子が、ありありと映し出されていた。


レニンベルク市は、連邦軍からしてみれば前線の補給線の心臓のひとつにも等しい。

敵にとっては、これだけの戦力を用意してでもここを奪取するというのは確かに意味のあることと言えよう。

それは、理解の範疇内《はんちゅうない》だ。だが、であるが故に疑問は残る。

――すなわち一体何故《なぜ》、これほどまでの規模の敵戦力の集合に気付くことができなかったのか。あるいは気付いていながら作戦部が沈黙していたのかは分からないが……ともあれレンカたちにとっては、今更それを勘ぐったところで何の意味もない。

前線で命のやり取りをする兵士にとって重要なのは、今そこにある現実だけ。

つまりは――人員補充こそ完了しているとはいえたかだか大隊程度の戦力で、襲い来るであろう戦力充実した一個師団を相手に防衛戦を張らなければいけないという、無情な事実である。

恐らく作戦としては、市外周の防衛陣地を利用しての持久戦となるだろう。

防衛側が侵攻側よりも有利であるという原則は、以前レンカたちも嫌というほどに味わってきたものである。それに加えてこちらには四月《よづき》も――大軍を一瞬のうちに氷漬けにしてしまう、出鱈目《でたらめ》な力を持った「聖女」もいる。

数でこそ劣勢だが、決して不利ではないだろう。そう予測して、しかし。

作戦部から実際に下った詳細な作戦計画は、レンカたちの予想をおよそ裏切るものであった。

「……待機って、どういうことだよ⁉」

作戦説明が終わり解散となった後、むしゃくしゃした様子でそう声を上げたのはカイだった。

彼だけでない。口にこそ出さなかったがシャルも、そして当然レンカも、説明された作戦指針に対しては疑問しかなかった。

作戦部の告げた作戦内容は、こうだ。

敵軍の規模は巨大だが、偵察の情報によればまだ本格的な侵攻を開始してくるまでには猶予がある。

だから今のうちに、敵陣に奇襲を仕掛けることで戦力差を覆《くつがえ》そう——と、なるほど、そこまでならばまだ理解はできるのだ。無論、現場の努力に委ねる夢見がちな作戦計画であるという点は相変わらずだったが……ともあれそんなことはいつものことと、納得もしただろう。

だがその奇襲の方法というのが、問題だった。


いつもはカイを嗜《たしな》める側なシャルですら、どこか不服げな表情でぼやく。

「陣地防衛ではなく、あえてこっちから打って出て奇襲を仕掛ける。……それはまだ、わからないでもないけど。でも、それにしたって。『聖女』に——しーちゃん一人に全部任せて私たちは後方で待機って、そんなの、ありえない」

そう。

航空機を利用して「聖女」を敵野営地後方まで輸送し、投下する。

作戦部が大真面目に提示してきた奇襲プランというのはそんな、冗談みたいなものだったのである。

「兵隊の命なんて上がなんとも思ってねえのは今更だけどよ、だけど、いくらなんでもこんなのって……無茶苦茶すぎるだろ。たった一人に戦争押し付けるとか、ありえねえよ」

珍しいくらいに怒りをあらわにするカイに、レンカはしかし、何も答えず兵舎テントへの道を歩いていく。

無論、何も思わないわけではない。けれど自分でも驚くほどに、心は案外平静を保っていた。四月《よづき》は、「聖女」だ。先の戦闘でも、あれだけの圧倒的な力を振るって、簡単に敵軍を蹴散らしてしまった。

ならばそんな彼女であれば、ともすれば作戦部の思惑通りの結果を出すことも、あるいは可能なのではないか。

彼女一人が戦っていれば、他の誰も傷つかずに、この戦場を生き延びられるのではないか――なんて。そんなことを考えている自分が、心のどこかにいるのだ。

そんな自分の思考に気付いて、レンカは思わず唇を歪《ゆが》める。

……笑えるくらいに、最低な気分だった。

――。

作戦の決行が翌日に決まり、慌ただしく準備が始まる中。

装備の用意などを済ませた後、レンカはテントをこっそりと抜け出して、走っていた。

向かう先は、あの廃教会。

明日に決戦を控えている彼女が、いるかどうかは分からないけれど――それでももう一度、彼女に会いたかった。会って、話をしたいと思ったのだ。

まだ明るい午後四時の空の下。息を切らして教会の前に辿《たど》り着《つ》くと、おんぼろの正面扉がほんの少しだけ、開いていた。

誰か、いる。そう確信して勢いよく扉を開けて、レンカが中に入ると――

「……あんたは」

そこにいたのは、四月《よづき》……ではなかった。

礼拝堂の長椅子のひとつ。そこから煙草《たばこ》の煙らしき白煙が細く伸びていて。

そこに腰掛けながら、こちらを振り向いたのは――強化兵装《バッケージ》を装備した黒髪の男。

一昨日に四月《よづき》を連れていった、あの男だった。

「ほう、本当に来た」

どこか感心した様子でそう呟《つぶや》く彼に、レンカはわずかに動揺を滲《にじ》ませた声で問う。

「何で、あんたがここにいる。……いや、そもそも。あんたは一体、何者だ」

「それをお前に教えてやる必要はない、と言いたいところだが――いちいち突っかかられるのも面倒だからな。禁則情報に抵触するわけでもなし、教えてやる」

言いながら立ち上がると、彼はレンカへと向き直って口を開く。

「俺は、守衛官《ディフェンダー》。……あのお転婆な『聖女』のお守りをしている、しがない兵隊さ。もしもどうしても俺のことを名前で呼びたいなら、『ランバージャック』とでも呼んでくれ。もっとも今後、お前と会う機会もないだろうが」

にこりともせずに、どう考えても符丁であろう名を告げる男――ランバージャック。

守衛官《ディフェンダー》というのは、ただの一兵卒に過ぎないレンカにとっては聞き慣れない肩書だった。

「レンカ、って言ったっけか。お前、あれとここで会っていたらしいな」

「何で、それを」

「本人に白状させた。ったく、面倒なことをしてくれるぜ、あのじゃじゃ馬は」

気怠《けだる》げに呟《つぶや》いて白煙を吐いた後、彼は短くなった煙草《たばこ》をそのまま装甲で覆われた右手で握りつぶして無造作に捨てる。

ゆっくりと、レンカの目の前まで歩を進めると――彼はその長身でレンカを見下ろして、無感動な声音で告げた。

「今日俺がここに来たのはな、お前に警告してやるためだ」

「警告?」

訝《いぶか》しげに問うレンカに、彼はゆっくりと頷《うなず》いて続ける。

「もう、あれとは会うな」

答えはただ、簡潔だった。ゆえにレンカは、怒るでも動揺するでもなくただ、質問を重ねる。

「何故《なぜ》だ」

「親切心で言ってやってるのさ。それがお前のためでもあるし、何よりあれ自身のためでもあるからな」

淡白な態度でそう返す彼に、けれどレンカとしては納得できるはずもない。

怒気を押し殺しながら、レンカはなおも抗弁を続ける。

「……四月《よづき》のため、だって？　ふざけるなよ。あんな馬鹿げた作戦をあいつに押し付けておいて——何が四月《よづき》のためだ。いい加減に……」

ぐっと拳を握りしめて、見上げるほどのランバージャックの長身に臆することなく掴《つか》みかかるレンカ。そんな彼を見下ろしながら、ランバージャックは面倒くさそうにため息をついて。

「あー。ったく、面倒くせえ」

ぶっきらぼうにそう呟《つぶや》いて、掴《つか》みかかるレンカの手に軽く触れたかと思うと、次の瞬間。

レンカの視界はぐるりと一回転して、気付いた時には固い床に転がされていた。

「……っ⁉」

反応して立ち上がろうとするが、鈍痛が全身を膜のように包み込んで動けない。

強化兵装《バッケージ》によってアシストされた筋力で放り投げられたのだ。全身の骨がバラバラになっていないだけまだ幸運というものなのだろうが。

倒れたままのレンカをつまらなそうに一瞥《いちべつ》しながら、彼は気怠《けだる》げに言葉を続けた。

「おい、クソガキ。お前何だって、あれにそうこだわるんだ」

「何で、って、そんなの」

くらくらする頭で何か反論しようとして、けれどレンカは口をつぐむ。

四月《よづき》と知り合ってから、ほんの一月。結局自分は彼女のことなんて何も知らないし、彼女とは戦友と呼べるわけでもない。せいぜい、ただの話し相手というのがいいところだろう。

なのになぜ、自分が彼女のことであんなにも怒りを感じたのか。レンカ自身ですら——よく分からなかった。

無言のまま呆然《ぼうぜん》とするレンカを見ながら、ランバージャックはというと何をするでもなく、ただ面倒くさそうに小さく息を吐く。

「……そうだ。お前は結局のところ、何も知らない。自分が会ったもののことも、自分が見たものの意味もな。だが——俺からしてみればそれは、賢明な判断だったと褒めてやってもいいとすら思ってる。お前は結果的に、一線を越えずに済んだんだからな」

「一線、だと」

こちらを見下ろす漆黒の目と、目が合う。

彼の感情を探ろうとするが、しかしその瞳には、何の思惑も浮かんでいない。

まるで興味なさげな、地を這《は》う虫でも見るような空虚さのままで彼は言う。

「これ以上踏み込めば、俺はお前を殺す。……お前だけじゃあない。お前と一緒にいた二人もな」

ぞくりと、背筋を刺すような殺気が伝わって。

……それだけで彼が嘘《うそ》を言っていないことは、すぐに分かった。

黙り込むレンカを一瞥《いちべつ》した後、彼はそれきりレンカへの関心を失った様子で踵《きびす》を返し——歩き出そうとしたところでもう一度立ち止まると、ぽつりと呟《つぶや》いた。

「ま、精々忘れることだ。どの道お前は——あれの隣にいることは、できないんだから」

「……どういう意味だ」

なんとか起き上がって問うたレンカに、彼は振り向かぬまま、

「人間は、化物の隣にはいられない。化物の隣にいられるのは、化物だけさ」

それだけ返して、礼拝堂を後にする。

誰もいなくなった礼拝堂に一人残されたレンカをよそに、時計と舞台の歯車は回り続けて。

——その翌日。

戦いの火蓋は、再び切って落とされる。

■

レニンベルク市北部。背の高い草が生え並ぶ広大な丘陵地帯の一角に、航空写真に写っていたものと同じテント群が見えた。

時刻は午前四時。まだこの時間となると、動いている兵士の姿も少ない。

機内のカメラモニターでそんな地上の様子を確認すると――四月《よづき》は視線を外して、窓の外を一瞥《いちべつ》した。

高度七千メートルの空。雲海の向こうからは、昇りつつある朝日がわずかに顔を出し始めている。

降下用のゴーグルに反射するその光に目を細めていると、イヤーセット越しに偵察機の操縦手の声が聞こえた。

『A-004。そろそろ目標地点だ。降下の用意を』

「はい」

彼の言葉に従って、酸素ボンベが入っただけの背嚢《はいのう》を背負うと四月《よづき》は席を立ち、ゆっくりと開いた側面扉の前に進み出る。

外気は身を切るように寒い。降下用の耐寒装備でなかったら、あっという間に凍死してしまうかもしれない。

「氷棺の聖女」が凍死なんてしたら、笑っちゃう——なんて、思わず口元がほころびそうになるのを必死で整える。こんな時に笑っていたなんて後で研究者たちにバレようものなら、どんな目に遭わされるか分かったものではない。

「作戦開始、三十秒前」

吹きすさぶ乱気流に躍る髪を空いた手で押さえながら、気を取り直して直下の帝政圏野営地を見つめる。

あれが、今回斃《たお》すべき敵。

結局のところ、いつもとやるべきことは変わらない。ただあそこに行って、何もかもを氷漬けにするだけ。

『十秒前』

作戦が始まる前は、ただ自分を「無」に溶かし込む。何も考えず、思考せず、ただ己の手にある「秘蹟《ひせき》」で以《もっ》て敵を打ち倒す――それが私という存在に与えられた意義の全て。

だというのに、今回はどうしたことだろう。

『五秒前』

目の前に、彼の顔が浮かんで仕方がない。彼のぶっきらぼうな、けれど優しい声が、言葉が聞こえてきて、しょうがない。

『三』

極寒の高度七千メートルの空の上で、なのに胸の中はどうしてか、温かくて。

『二』

その温かさがとても心地よくて、だから私は「私」のまま、前に進む。

『一』

戦うことが私の存在意義なのは、変わらないけれど。

誰のために戦えばいいのかは、たぶん彼が、教えてくれたから。

『――作戦開始』

軽い足取りでステップから跳んで、四月《よづき》の体は重力のままに落ちてゆく。

少しでも発見のリスクを下げるため、パラシュートすら使わない完全な自由落下。普通であれば単なる大掛かりな自殺行為といったところだが、四月《よづき》にとってはそうではない。

青色の瞳がぼんやりと輝き、彼女の秘蹟《ひせき》が始動する。

「絶対零度」と名付けられたその秘蹟《ひせき》は、その名の通り視野範囲の一定距離内に含まれる全てを例外なく凍結させる秘蹟《ひせき》であるが――一方でその本質は、「運動への干渉」である。

つまるところ自分の周囲、あるいは自身に加わる運動エネルギーを自在に調節し、そのエネルギーによる効果――つまりは空気摩擦や落下衝撃などすらも「凍結」させてしまうことが可能なのだ。

超高度からの落下にもかかわらず、彼女の足はまるで雪のようにゆったりと着地に成功する。

敵陣から目と鼻の先にある、小高い丘の上。

野営地の様子がよく見えるそこで、四月《よづき》はいまだ寝静まったままの彼らを視界に入れ、秘蹟《ひせき》を発動させる。


警鐘が鳴り響いたのは、それが始まってから数分が経ってから。

――野営地の四分の一ほどが、季節外れの分厚い白雪に覆われてからのことだった。

■

聖女が敵部隊の攻略を開始した、という報がレンカたちのもとに伝わってきたのは、空挺《くうてい》投下が開始されてから数分ほどが経過した頃だった。

帝政圏の野営陣から数キロ程度離れた小さな森の中。少人数の歩兵部隊を散開させて、シャルとともに身を潜めていたレンカのもとにも、無線を介して一報が流れる。

「『青い雪は降り始めた』って」

無線係のシャルが告げたそれは、聖女の奇襲が成功したことを示す暗号文であった。

懐中時計を開いて時刻を確認する。午前四時すぎ。いつもならば眠くて仕方のない時間だが、今日ばかりは目もよく覚めていた。

レンカたちの小隊に割り当てられた役割は、聖女の援護。と言っても彼女と協同して攻め上がるというよりは、全てが終わった後の雑用役――と言った方が適切だ。合図があるまで、何もするな。上官から申し渡されたのはそんな命令と、そして小隊員用の冬季防寒装備。

全く、人を人とも思わぬ作戦ばかりを押し付けてきたかと思えば、今度は随分と愛護的になったものである。

もっとも――彼女の扱いを思えば、それも欺瞞《ぎまん》に過ぎないが。

双眼鏡を覗《のぞ》き込《こ》んで、遠方に広がる野営陣を観察しようとする。

けれどどこからではその様子を殆《ほとん》ど窺《うかが》い知ることはできず、レンカは諦めて双眼鏡を置き、その場に腰を下ろす。

「……心配？」

シャルの言葉に、レンカは反射的に頷《うなず》く。

「当たり前だ」

「何で？」

彼女から返ってきたその問いに、レンカは内心どきりとしてシャルを見返す。

昨日ランバージャックから投げかけられた言葉と、どこか重なるような気がしたのだ。

彼の投げかけた問いが思い出されそうになるのをどうにか無視しながら、レンカは半ば慌てて口を開く。

「何でって。それは、当然だろ。あいつは――」

そこまで言いかけて、けれどその先に続けるべき言葉が、出てこない。

言葉を詰まらせるレンカに、シャルは静かな調子のまま、問いを重ねる。

「……『あいつは』。レンカにとって、しーちゃんは、何？」

責めるような調子ではない。しかしその言葉はランバージャックのそれと同じく、レンカの胸に鉄鎖のように絡《から》みつく。

そんなレンカをよそに、しばらくしてシャルが、再びぽつりと口を開いた。

「……ごめんね、レンカ。私、最低だよね」

そう呟《つぶや》くと彼女はその場で座り込んだまま、膝に顔を埋めて消え入るような声で続ける。

「私さ。しーちゃんのこと、友達だと思ってたんだ」

「……違うのか」

「わからない。わからないの」

首を弱々しく横に振りながら、彼女はぎゅっと縮こまる。

「少しの間だったけど、私はしーちゃんのこと、友達だと思ってた。思ってた、はずなのに――いざこういう状況になったらさ、ちょっと思っちゃったんだ。あの子が戦ってくれていて、よかったって」

「……」

何も言わない、レンカの前で。

シャルは肩をかすかに震わせながら――懺悔《ざんげ》するみたいに、ぽつぽつとこぼす。

「あの子一人が戦って、傷ついていれば、レンカが怪我《けが》をしたりすることもないんだって。知り合ったばっかりのあの子よりも、レンカが無事ならそっちの方がいいって――そう思っちゃったんだ」

はあ、と深いため息とともに言葉を吐ききった彼女に。

「……俺も、同じだよ」

レンカもまた、消え入りそうな声でそう、呟《つぶや》く。

「聖女」と呼ばれる、不思議な少女。

彼女と出会って、彼女と言葉を交わして、笑い合って。しかしレンカはそれ以上に、彼女について踏み込もうとはしなかった。

知らなくても、いいと思っていた。むしろ知ればきっと、何か取り返しのつかないことになると——そう思っていたから、あえて踏み込まずにいた。
「貴方《あなた》は、違った」。四月《よづき》はそう言って自分を選んでくれたけれど、どうだろう。
結局は自分も——他の連中と何も、変わらない。
四月《よづき》との間に一線を引いていたのは、何よりも自分自身だったのだ。

……そうして、二人して数分ほど、お互いに一言も発さずに座り込んでいると。

「おい、おーい！　レンカ！」

不意にそんな沈黙を破ったのは、茂みをかき分けて姿を現したカイだった。

「カイ？　どうしてお前、こんなところに」

彼には別の配置で偵察を頼んでいたはずだが——と、訝《いぶか》しむレンカにカイは血相を変えながら告げる。

「おい、レンカ大変だ！　四月《よづき》さんがヤバい！」

「何だって？　どういうことだ」

問いただすレンカに、彼は息を切らしながら言葉を続ける。

「お前に言われた通り、さっき向こうの丘上のB地点で野営地を見張ってたんだ。そうしたら……見つけちまったんだよ！」

「何を」

「増援だよ、増援！　あの野営地に合流しようとしてる帝政圏の部隊が、まだいたんだ！　そいつらが今、あの野営地目掛けて進んでて……」

それだけ聞けば、状況は理解できた。

つまりは今――四月《よづき》がまさに戦っているあの場所に、新たな敵が迫っているということ。だとすれば、それは四月《よづき》にとっては不意打ちも同然である。たった一人で戦っているところにそんな予想外の事態が重なったら、いくら彼女でも凌《しの》ぎきれるか。

「なあレンカ、どうする。早く四月《よづき》さんを助けねえと、マジにやばいかもだぞ」

珍しく切迫した様子で告げるカイに、けれどレンカは俯《うつむ》いたまま答えない。

救援を要請する必要はあるだろう。だが、今から本部に増援を要請したところで、到着にはタイムラグが生じる。

……待っている暇はない。誰かが、一刻も早く助けに行くべきだ。

だが、誰が？　そこまで自問したところで、レンカは頭を振る。

決まっている。今即応できるのはレンカたちの部隊しかいない。ならば行くべきは、レンカたちだ。

そこまで考えたところで、レンカは目の前の二人の顔を見る。

いくつもの死線を乗り越えてきた、かけがえのない戦友たち。四月《よづき》の救出に向かうということはすなわち、彼らに危険を強いることと同義だ。

敵兵の増援が到着しつつある戦場。そこに飛び込んで、四月《よづき》を回収して撤退する。自殺行為以外の何物でもあるまい。そんなことに、彼らを付き合わせるべきなのか。そんな危険を——四月《よづき》のために、本当に冒すべきなのか？

ほんの少し知り合っただけの、少女のために。戦友たちの命を懸けることが、正しいのか？


「……なあ、カイ」

「あん？」

「本部に連絡して、ここで待っていよう」

ぽつりと、そう告げたレンカに、カイは眉根を寄せる。

「何言ってんだよ、聞こえなかったのか、四月《よづき》さんが危ないって——」

「わかってる。けど……だからって、増援も待たずに俺たちだけで行ってどうなる。いたずらに、皆を危険に晒《さら》すだけだ」

「だから、四月《よづき》さんを見捨てるってのか？　本気で、そんなことを言ってるのか、お前」

どこか剣呑《けんのん》な口調で問う、カイに。

「……結果的に、そうなるかも、しれない」

呟《つぶや》くようにレンカがそう返した、その瞬間——カイの腕がぐいと伸びて、レンカの胸ぐらを乱暴に掴《つか》む。

「ちょっと、カイ！　何を……」

「シャル、ちょっと黙っててくれ。こいつは男同士の問題だ」

止めに入ろうとしたシャルに鋭くそう告げると、カイはレンカをきつく睨《にら》みつけながら続ける。

「ふざけたこと言ってるんじゃねえぞ、レンカ。お前、自分が何言ってるかわかってんのか」

「……間違ったことは、言っていない」

怒気を隠そうともしないカイから視線をそらして、レンカは目を伏せながら、続ける。

「敵の増援が迫ってるなら、俺たちの部隊だけで駆けつけたところでどうなるかわからない。

……最悪、皆死ぬかもしれない」

「ふざけんな、それがどうした！」

「……彼女たった一人のために、シャルも、カイも、皆死ぬかもしれないんだぞ！」

「じゃあてめえは、四月《よづき》さんが死んでもいいって言うのかよ!?」

「それは──」

カイの怒声に、レンカは思わず言葉を失う。

仕方のないことだ、と言おうとして──けれど喉が麻痺《まひ》したみたいに、動かない。

放心したレンカの顔を見て、カイはどこかやりきれない表情で小さくため息を吐く。

「……お前さ。何があったのか知らねえけど、なんか余計なこと、考えてんだろ」

「……別に、そんなこと」

「見りゃわかるんだよ。お前はそういうの、隠せるタイプじゃねえんだから」

胸ぐらを摑《つか》んだ手を緩めてレンカを軽く突き放すと、むしゃくしゃした様子で頭をかきながらカイはレンカへと向き直る。

「なあレンカ。お前が何考えてんのかまではわかんねーけど。男として、ひとつだけ言えることがある」

「……何だ」

「男が女の子を助けに行くのに、理由なんて必要ねえ。ましてや、ほっぺにチューまでしてくれた可愛《かわい》い女の子ならなおさらな」

にんまりと、普段通りの軽薄な笑みを浮かべてそんなことを告げる彼に、レンカは半ば面食らって。

それから——こんな状況だというのに思わず、吹き出してしまう。

「……なあ、カイ」

「ん？」

「お前って本当に、しょうがない奴《やつ》だよな」

「ケンカ売ってんのか⁉」

「いや、褒めてる。お前のおかげで、なんだか色々、わかりやすくなった気がした」

ため息混じりに微笑を浮かべながら、レンカは己の右頬をそっと撫《な》でる。

……あの時感じた柔らかい熱は、まだそこに残っていた。


「……シャル、本部に援軍の要請を」

「う、うん、了解!」

「カイ、お前はしばらく、小隊長代理を頼む。味方の増援が来たら合流を。ヤバくなったら、皆を連れて撤退してくれ」

「おう……ってレンカ、ちょっと待てお前、まさか」

何か勘付いた様子でこちらを凝視するカイに、レンカは不器用な笑みを浮かべながら小さく頷《うなず》く。

「俺一人で、行ってくる。……お姫様を、助けにな」

「……正気かよ。焚《た》き付《つ》けておいて何だけど、敵陣のど真ん中なんだぞ! いくらお前が不死身でも、そりゃあ流石《さすが》に無理だろ!」

「私も、反対。……いくらなんでも、危険すぎる。行くなら私たちも――」

カイに続いてシャルまでもがそう言って、不安げにレンカを見る。

けれどレンカは何も言わず、ただ首を横に振ってみせた。

二人の気持ちはありがたいし、何よりレンカも、逆の立場ならばきっとそうしただろう。

……けど、我ながら強情なのだ。ああ言ってもまだ、カイを、シャルを、いたずらに危ない目には遭わせたくなかった。

……だからこうするのが、今のレンカにとっては最善の解なのだ。

数秒か、はたまた数分だったかは、分からない。

「……あー、くそったれ。つくづくお前って、そういうところあるよな」

そう言って、くしゃくしゃと髪を掻《か》きながら声を上げたのはカイだった。

彼にしては珍しく、本気で怒った顔でこちらを睨《にら》んで。

それから次の瞬間——

「ちょっと、歯ぁ食いしばれ」

左の頬に鈍い衝撃が走って、レンカは思わず横に倒れ込む。

「カイ⁉ ちょっと何やってるのよ⁉」

「景気づけの一発だ。本当に死んじまったら、もう二度と殴れなくなっちまうからな」

そう言ってレンカを殴った右手を軽くさすった後で、彼はその手を倒れ込んだレンカに差し出す。

その手を摑《つか》んで身を起こすと——彼は盛大に大きなため息を吐き出して、続けた。

「なあレンカ。お前がどう思ってるかは知らねえけど、俺はお前のことを一番のダチだと思ってる。だからお前がこういう時、何言っても聞かねえクソ頑固者だってこともよーく知ってる。

だからもう止めねえ。……けど、約束しろ」

視線と視線が交錯して。レンカは彼の、見たこともないような表情を見る。

「絶対、戻ってこいよ」

そんな、カイの言葉に。

「……ああ、当たり前だろ。俺は【不死身《サバイバー》】なんだから」

痛む頬にも構わずぎこちない笑顔を作って、そう返すレンカ。

と、そんな二人の間に割って入って、シャルが頬を膨らませる。

「もう、二人とも、男同士でいちゃいちゃしすぎ！」

「へへ。相思相愛だからな、俺らは」

「気持ち悪いことを言うな」

するとと冷静に突っ込むレンカの手を取って、今度はシャルも、おずおずと口を開く。

「……ねえ、レンカ。私、待ってるからね。二人が帰ってくるの」

「……ああ」

「絶対、絶対だから」

「ああ」

大きな瞳に涙をためながらそう言うシャルに、レンカはしっかりと頷《うなず》いて。

彼女の手をゆっくりと離すと——近くに止めてあった軍用バイクにまたがって、もう一度告げる。

「それじゃあ、行ってくる」

エンジンの音とともに、どんどん遠ざかっていく彼の背を。

残された二人はただ、何も言わずに見送り続ける。

■

凍りついたテントが並ぶ駐屯地を、四月《よづき》はゆっくりと歩き続ける。

急激に大気が冷却されたせいだろう。空からははらはらと雪の結晶が舞い降りて、辺りに倒れた氷漬けの敵兵の骸《むくろ》たちを優しく覆い隠してゆく。

彼女の歩く道に、音はない。

銃声も、悲鳴も。それらが空気を震わせる前に、「凍りついて」しまうから。

無音の戦場に、音をもたらすのはただ、彼女だけ。

それが——彼女のもたらす秘蹟《ひせき》の権能だった。

広大な野営地のほぼ全域をぐるりと一巡りし終えたところで、四月《よづき》はふぅ、と白い息を吐く。

奇襲であったことも功を奏したのだろうが、殆《ほと》ど、抵抗と呼べる抵抗もなく鎮圧することができたのは少し意外だった。

……とはいえ敵としても、こんな少女一人が敵の全戦力だとは思ってもいなかっただろう。

実際に、出会った敵兵の殆《ほと》どが、四月《よづき》を見て戸惑いを浮かべたまま、死んでいった。

思えば姉妹たちも全員、女性型しかいないけれど――ひょっとしてこういう効果を狙ってのことなのかもしれない。

だとしたら随分と、自分たちを造った連中は悪趣味だと思う。

「……さて、と」

適当な木箱の上で少し休んだ後で、立ち上がって辺りを見回す。

動くものは、少なくとも近くには見えない。……というか、今この野営地に生きている人間なんてものはいるのだろうか？

もう、作戦完了の連絡をしてしまってもいいのかな――などと、四月《よづき》がそんなことを考えていた、その時のことだった。

それはただ、なんとなくだった。

戦場で幾度も銃口を向けられてきたがゆえの、それは直感――そう。

なんとなく、嫌な予感がして秘蹟を発動させた。

ただそれだけのことだったのだが——発動したその秘蹟《ひせき》は、突如飛来した一発の銃弾を、すんでのところで阻《はば》んでいた。

「……え？」

誰よりも驚いたのは、秘蹟《ひせき》を使った張本人の四月《よづき》である。

一体何が起きているのか、自分でも理解できぬままに慌てて立ち上がり、周りを見回すと——いつからいたのか、周囲には無数の兵士たちがこちらに銃口を向けて並んでいた。

「……っ、うそ。まだこんなにいたなんて」

わずかに焦《あせ》りを滲《にじ》ませながらも、すぐに思考を切り替えて周囲に秘蹟《ひせき》を展開。

四月《よづき》の視界に捉えられた敵兵たちは、反応する間もなく瞬時に全身の水分を凝結させて死に至る。

驚愕《きょうがく》の表情のまま絶命した彼らを一瞥《いちべつ》した後、四月《よづき》は呼吸を整えようとして。けれどそれを待たず、再び銃弾が飛ぶ。

「しつこいなぁ——」

わずかに苛立《いらだ》ちを込めながら呟《つぶや》いて、再び対応しようと周囲を見回すが敵は見当たらない。

いや——隠れているのだ。無数に立ち並ぶテントの陰に。

恐らくは敵も気付いていないだろうが、それは聖女全般と相対するにあたっては、悪くない戦い方だった。

四月《よづき》を始めとして聖女の多くは、「秘蹟《ひせき》」を用いる際にその「視線」を媒介とする。「秘蹟《ひせき》」の発生機序はいまだ未知ではあるが、しかしそれが聖女たちの脳を起点とした現象に対する干渉とみる研究者もいる。

そういう意味では脳と極めて近く、かつ直接接続されている眼球が「秘蹟《ひせき》」の発露にあたって媒体となるというのは、分からない話でもない。

……なんて、いつぞや研究者たちが聞きたくもないのに話していた内容を思い出す。

兎《と》にも角《かく》にもそんなわけで、こういう見通しの悪い場所というのは聖女にとっては得意な戦場とは言えない。

もっとも――

「……私の前からは、逃げられないけど」

そう呟《つぶや》きながら、まるでステップでも踏むように、軽く地面を踵《かかと》で叩《たた》く四月《よづき》。

すると彼女の立っている場所を中心として地表に霜の柱が広がり――それはテントの陰に隠れていた敵兵もろとも、またたく間に周囲を真っ白に覆い尽くす。

――四月《よづき》の「秘蹟《ひせき》」は、拡散する。敵がそこにいようがいまいが関係なく、周囲にある全てを停止させる。

ゆえに四月《よづき》の周りには、誰もいない。彼女を守り、あるいは見張り続けている守衛官《ディフェンダー》たちすら——その無差別的な破壊を知るが故に、彼女と同じ戦場には決して立とうとしない。

ゆえに、彼女は。

まるで独りぼっちの氷の女王のように、止まった世界に立ち続けるのだ。

「……ふう、今度こそ、全部かな」

額に微《かす》かに汗を浮かべながら、四月《よづき》は懐中時計を開く。

作戦開始から、およそ二十八分ほど。……少し、長引かせすぎてしまっていた。

そろそろ、撤収した方がいい。でないとまた——そう、四月《よづき》が考えた矢先のこと。

無音のはずの世界の中、微《かす》かに聞こえてきた音に、四月《よづき》は耳を傾ける。

地響きのような音。その中に交じる、整然とした無数の足音。

「……これって」

その可能性に思い至って、四月《よづき》はその場で大きく跳ぶ。……正確に言えば、「絶対零度」によって凍結させた空間を階段のように登って、上空へと至る。

そこから見えたのは——野営地へ向けて進んでくる、無数の兵士たちの整列だった。

数にして千近くはあるか。それだけではない、加えて彼らの隊列には戦車隊も並んでいる。

……まだこの野営地に合流しようとしていた部隊がいたのか、あるいはたまたまこの場を離れていたのかは知らないが、ともあれまだこれだけ、無傷の敵が残っていたとは。

──どうするか、と四月《よづき》は考える。

そろそろ、戻らなければいけない時間だ。

三十分以上「秘蹟《ひせき》」を行使することは、研究者たちから禁じられていた。

目下、残りは二分。敵の規模は決して少なくはないが、さりとて絶望的な数というわけでもない。レニンベルクに駐屯している兵力でも、対応は可能だろう。

……けれど。四月《よづき》のまぶたの裏に浮かんだのは、レンカの顔だった。

奴《やつ》らをここで見過ごせば、戦うことになるのはレンカたちだ。

レンカも、シャルも、カイも。あの銃弾が飛び交う戦場で、なんの秘蹟《ひせき》も持たない彼らが生き残れる可能性とはどのくらいだろう。

今までだって、生き延びてきたのだ。彼らとて、自身の命の守り方は心得ているだろう。

さりとて──戦場において、「確実」なんてものはない。

今度こそ、命を落とすのはレンカかもしれないのだ。

そこまで考えたところで、四月《よづき》は大きく、冷えて真っ白になった息を吐き出す。

あと二分。それだけあれば、十分だろう。


とん、と虚空《こくう》を蹴って、四月《よづき》は敵部隊の頭上に至ると――驚いた顔で見上げる彼らを睥睨《へいげい》して、「秘蹟《ひせき》」を願う。


またたく間に氷の影像と化した敵兵たちの間に降り立って、向かってくる敵兵たちへと向き直る四月《よづき》。その姿を見て一瞬、敵は動揺を見せるが――けれど恐らく彼女のような存在がいるということは帝政圏においても広まりつつあるのだろう、すぐに無数の銃口が四月《よづき》へと向く。

放たれた無数の弾幕。しかしそれは四月《よづき》の展開した「秘蹟《ひせき》」によって阻《はば》まれ、停止する。

そんなことをしても無駄なのに、とため息をついていると、しかしその時。

そんな弾幕の雨に紛れて、ひときわ大きな轟音《ごうおん》とともに、何かが四月《よづき》の目前まで迫る。

「わっ……！」

「秘蹟《ひせき》」によって凍結され、空中で停止したそれは、戦車砲の砲弾であった。

「人に向けてこんなものを撃つなんて、なりふり構わないなぁ――」

ぼやきながら四月《よづき》が「秘蹟《ひせき》」を振るうと、主砲を彼女に向けていた戦車はそのままの姿勢で真っ白な雪と氷に包まれ、それきり動かなくなる。

他の戦車たちも四月《よづき》を狙い、機銃で威嚇しようとするが――しかし既に歩兵たちの間に紛れ込んだ四月《よづき》を、撃つことはできなかった。そんな動揺をすら利用して、四月《よづき》は何度も「絶対零度」を振《ふ》り撒《ま》き敵兵の合間を駆け抜ける。

既に戦車隊は全滅し、歩兵たちの数もその間にほぼ二桁程度まで減った。

あと、ちょっと。深青色の瞳に光を灯して、ダメ押しの「秘蹟《ひせき》」を行使しようとした――その時のことだった。

最初に感じたのは、ずきりとしたほんの僅かな右手の痛み。

まずい、と、今までの経験から理解した頃には――既にその痛みは、耐《た》え難《がた》いほどの激痛へとありようを変えていた。

「……っ……!?」

脳がパニックを起こし、四月《よづき》はその場で凍りつく。

そんな彼女の見せた一瞬の隙を見逃さず、残された敵兵たちは一斉に銃口を向け、引き金を引いた。

そんなもの。四月《よづき》は右手を掲げて、「秘蹟《ひせき》」を発動しようとして――けれど再び右手に迅《はし》った激痛のせいで、その発動のための集中力が大きく損なわれる。

展開しようとした「秘蹟《ひせき》」は揺らぎ、防ごうとした弾丸たちはその加速を、運動を損なわぬままに四月《よづき》へと至る。

まだ敵との距離があったのが幸いして、直接四月《よづき》の体に触れたのは、三発だった。

一発は、肩を掠《かす》めて。二発目は、太ももの表面を裂き。そして三発目は――掲げようとした四月《よづき》の右前腕、その中央に喰《く》らいつく。

傷口から鮮血が吹き上がるのを見つめながら――一拍遅れてやってきた痛みに今度こそ、四《よ》月《づき》は声を上げて呻《うめ》いていた。

「っ、くぁ……」

立っていることすらままならぬ激痛に、四月《よづき》はたまらずその場で崩れ落ちる。

銃口を向けながら、こちらへと近付いてくる無数の敵兵。すぐに撃ち殺されるのかと思ったら、けれど彼らは警戒するばかりで発砲しようとはしない。

ぼんやりとした頭で彼らの会話を聞いていると――「生け捕りにしろ」とか、そんなことを叫んでいた。

傷の痛み、そしてそれとは別種の激痛に身をこわばらせながら、四月《よづき》は穴の開いた右手を掲げる。

袖がめくれて露出した肌は、赤黒い色で染まっていた。

いつもの発作。四月《よづき》が「聖女」として生まれてから、常に傍《かたわ》らにあったもの。

――「聖痕《スティグマ》」と、研究者たちはそう呼んでいた。

それは神の祝福を賜った私たちが支払うべき、対価なのだと。

だとしたら神様というのはつくづく底意地が悪い、と四月《よづき》は思う。

何も今——こんな時に、取り立てに来なくたっていいじゃない。

数人の敵兵が、すぐそばまで来る。

「秘蹟《ひせき》」を、使わないと。意識を集中させようとするが、けれど痛みのせいでそれもままならない。

彼らの一人が乱暴に四月《よづき》の髪を掴《つか》んで体を引き起こすと、もう一人が四月《よづき》の目に布を巻きつける。「秘蹟《ひせき》」が視覚を媒介していることを彼らは理解したのだろう。手際《てぎわ》の良いことだ。

視界が真っ暗に覆われて。次の瞬間、罵声とともに頬に鈍い痛みが走る。

……殴られたのだと分かった時には、口の中いっぱいに嫌な味が広がっていた。

視界が閉ざされた中、ただ周囲の音だけが、耳によく届く。

「よくも——俺の仲間を、やりやがったな！」

敵意に満ちた怨嗟《えんさ》とともに、もう一発。撃たれた右腕は既に感覚もなくて、こちらの方がよほど痛い。

「魔女め」

「ただじゃ殺さねえ」

「どうしてやろうか」

地面に組み伏せられて、口の中で血の味と泥の味とが混ざり合う。

ぞわり、ぞわりと、憎しみに満ちた罵声と聞くに堪えないおぞましい提案とが頭上を飛び交って。四月《よづき》はぼんやりとした頭でただそれを聞き続ける。

これから、どうなるのだろう。どこか他人事《ひとごと》みたいにそう思いながら——頭の半分は、別のことを考え始める。

最初に思い浮かんだのは、自分と同じ、「聖女」の姉妹たちのこと。せっかくレンカと一緒に名前を考えたのに、皆に教えてあげられないのは残念だな——なんて、そんなことを思う。

次に思い出したのは、シャルと、カイ。少しの間だったけど、二人には色々なことを教えてもらった。シャルは姉妹たちとは全然違ってとっても大人で、だけどたまに、姉妹たちと同じように子供っぽいところもあって。それがなんだか、とっても新鮮だった。

それと——レンカ。

たった一ヶ月にも満たない時間だったけど、彼と会う時間は、今まで生きてきた中でも一番、輝いていた。

ずっと、なんとか隠していたけど。彼と会うたびになんだか顔は真っ赤になりそうだったし、火照《ほて》って、動悸《どうき》も止まらなかった。

彼の名前を言おうとするととっても緊張するから、一度もあだ名以外で呼ぶこともできなかった。……こんなことなら、一度くらい呼んでおけばよかった。

もう一度、会いたいな——なんて、朦朧《もうろう》とする意識の中、四月《よづき》は思う。

もう一度彼に会って、今度は、名前で呼びたい。

「……レンカ」

うわ言のように、そう呟《つぶや》いて――その時のことだった。

無数の罵声が飛び交う中、エンジンの音が微《かす》かに聞こえて。

最初は遠かったその音は、だんだんと近付いて――敵兵たちの中の誰かが、声を上げる。

「……なんだ、あいつ――」

かちゃかちゃと、銃を構える音と同時に発砲音が無数に聞こえて、けれどエンジン音は止まらない。

ぶおん、とひときわ大きくエンジンを吹かせたかと思うと、その音は近く、近く――四月《よづき》の真後ろあたりを勢いよく通り過ぎて。恐らく四月《よづき》を押さえつけていた敵兵のものだろう、短いくぐもった悲鳴が聞こえた後、何か重いものが倒れるような「がしゃん」という音とともにエンジン音も停止する。

何も見えず、状況の変化も分からない。戸惑う四月《よづき》の背後から足音が聞こえて――不意に、目隠しが外された。

そこにいた人物を見て、四月《よづき》は思わず、言葉を喪《うしな》って。それからやがて、震えそうな声で

——呼びたいと願ったその名を呼ぶ。

「……レンカ……!!」

小銃を構えながら四月《よづき》を庇《かば》うように立つ、大好きな彼の名を。

■

一心不乱にバイクを走らせながら、実のところでまだ少し、レンカは迷っていた。

本当に、こんな思い切ったことをしてしまってよかったのか。こんな命令違反すれすれの独断専行をして、後でどうなるか。いやそもそも、後のことなんか考えている場合なのか。

そんな悶々《もんもん》とした気持ちのまま、彼方《かなた》に見えた雪の嵐——間違いなく、四月《よづき》の力によるものだ——を目指してバイクを走らせて。

その状況を目《ま》の当《あ》たりにした途端、ひとかけらの迷いはもう、どこかへ消えていた。

目隠しをしたまま頭を摑《つか》まれて地面に押し倒された四月《よづき》に、馬乗りになる敵兵。

四月《よづき》の服のあちこちには血が滲《にじ》んでいて、とりわけ右腕にはおびただしい量の血がこびりついている。

……どうして彼女がそんな状況まで追い込まれたのか、だとか。こちらを発見した敵兵が銃口を向けていることとか、そんなことはもう、どうでもよかった。

ただ頭の中が真っ白になって——レンカはアクセルを吹かすと、飛んでくる銃弾などまるで無視して彼女の元へとバイクを走らせた。

地面の起伏を使って跳ぶと、そのまま空中でバイクを離れ、地面に転がる。

主を失った車体が四月《よづき》を押さえつけていた敵兵目掛けてぶつかるのを確認しながら、レンカは四月《よづき》の元へと駆け、彼女の目を覆っていた黒布を外してやる。

改めて、酷《ひど》い有様だった。顔も服も泥まみれで、しかも頬は殴られたのか、紫色に変色して少し腫れている。

彼女はレンカの顔をまじまじと見て——泣きそうな顔で、その名を呼ぶ。

「……レンカ……!!」

初めてあだ名以外で呼ばれたことに、こんな状況だというのに少しばかり動揺して。

けれど足元で爆《は》ぜた銃撃に、すぐに現状を思い出す。

周りを包囲する敵兵たち、数にして十数名ほど。こちらに銃口を向けながら、そのうちの一人が告げる。

「投降せよ。そうすれば、捕虜としての待遇を約束しよう」

帝政圏の軍人は鬼畜だ、人非人だとよく言われたものだが——存外温情に満《み》ち溢《あふ》れたものである。……もっとも、

「嫌だね」

言いながらレンカは、迷わず前へと走り出す。

四月《よづき》を傷つけた連中に、従う謂《いわ》れなどなかった。

まさか向かってくるとは思わなかったのか、敵兵たちはやや動揺した様子で銃口を揺らす。その一瞬の隙に照準から外れて、レンカは身を低くしながら真正面の指揮官らしき兵士の懐《ふところ》に潜り込むと、その顎を至近距離で撃ち抜く。

混乱収まらぬ敵兵たちはレンカへと銃口を向け直そうとするが、すでに敵の懐《ふところ》に入り込んでいたレンカを撃とうとすると同胞たちで遮られてしまう。レンカの小柄な体躯《たいく》は、この状況ではひたすら有利に働くものだった。

彼らの中を縫うように動きながら、無我夢中で見えた相手に向かって引き金を引く。降りかかる血にも頓着せず、時には敵の屍《しかばね》に身を寄せて盾にして、次の敵へとにじり寄る。

「くそ、何だこいつ——」

驚愕《きょうがく》と恐怖とで顔を歪《ゆが》めた敵兵の喉にナイフを突き立て、弾切れした自分の銃を放り捨てるとそいつの銃を奪い、次の相手に向かって放つ。

何の躊躇《ちゅうちょ》もない、ただひたすらに機械的な殺人。自分自身が生き残るため、その場において最善の手段を瞬時に選び取る判断力と決断力。そして何より、生存という目的のために突き詰められ、研ぎ澄まされた合理性。

それこそが――これまで数多《あまた》の戦場でレンカを【不死身《サバイバー》】たらしめてきた所以《ゆえん》であった。

撃っては隠れて、弾が切れれば敵から銃ごと奪って再び撃つ。戦場においてはいつ吹き消されてもおかしくないひとつの命が、その繰り返しだけで自分と等価の命たちを無数に刈り取っていく。

まだ十名余りはいたはずの敵兵たちはすでに、たった一人の少年兵によってその数を半分ほどまでに減らしていた。

……けれど何事にもいつか、終わりは来るもの。

針穴を通し続けるような綱渡り。機械仕掛けめいた殺戮《さつりく》を繰り返すレンカであったが、しかし彼は疲れ知らずの機械などではない、単なる一人の子供に過ぎない。

積もり重なった疲労はその動きを僅かずつ鈍らせて――やがてそれは、決定的なミスを生む。

何度目になるか、敵兵の銃を奪おうとしたその時。敵兵の手がきつく銃を握り続けていたせいで、レンカはその一手を仕損じたのだ。

すぐに腰に下げた予備の拳銃を取ろうとするが、しかし戦い続けて鈍ったその動きゆえにそのミスが決定的な隙を生む。

敵兵の一人が伸ばした手が、レンカの腕をがっしりと摑《つか》んで。動きの止まったレンカに、数人の敵兵が銃口を向け、引き金を引く。

無数の銃声が重なって。そのうちの一発がレンカの左足を撃ち抜く。

「——がっ……！」

これだけ銃口を向けられたというのにたった一発しか命中しなかったのは、レンカの幸運の賜物《たまもの》であろう。しかし一発は一発、衝撃と激痛に思わず声を漏らし、レンカはその場で崩れ落ちる。

温情深い帝政圏の兵士の皆様も、ここまで大暴れした相手を捕虜にしてやるほど懐《ふところ》が深くはないらしい。倒れたレンカにいくつもの照準が向いて——無数の黒点を前にして、レンカは腹をくくる。

耳をつんざくような銃声が重なって、レンカは来るべき衝撃に目を閉じて。

……だがしかし、その瞬間は、訪れなかった。

吐き出された銃弾、実に十発。それら全てが——レンカの身体へと届く前に、虚空《こくう》で停止していたのだ。

異変に気付いた敵兵の一人が、四月《よづき》を見て声を上げる。

「――くそ、まだ戦えたのか、こいつ!」

悪態をつきながら銃口を彼女に向けようとして、しかしその意図は叶《かな》わない。

彼の身体の右半分が、たちどころに分厚い霜に覆われつくしていたからだ。

全身の血液が凍結し、たちどころに絶命した敵兵。倒れたその骸《むくろ》を一瞥《いちべつ》もせず、四月《よづき》はその場でゆっくりと立ち上がると――血の滴《したた》る右腕にも構わず、ぼんやりと空を見上げる。

血の気のない、真っ白な顔。けれどそれ以上に、今の彼女はどこか奇妙だった。

我を忘れたような。あるいは心ここにあらずとでも言うような――空虚な眼差《まなざ》しのまま、彼女は血だらけの右手をゆっくりと空に掲げる。

瞬間。レンカは冬季用の分厚いファー付きの耐寒装備を纏《まと》っているにもかかわらず、思わず身震いをする。

足の怪我《けが》による出血のせいかと思ったが、そうではない。

地に落ちた無数の小銃に降りた分厚い霜を見れば分かる。辺り一帯の気温が、急激に低下しつつあるのだ。

「……ぎゃぁあぁぁあああぁぁぁぁぁぁぁぁぁぁ!!?」

悲鳴が聞こえて、レンカは思わずそちらを向く。敵兵の一人が——足元から侵食してきた霜に全身を覆われて、またたく間に動かなくなる。

「……ひぃ、化物め——」

レンカへと注意を向けきっていた他の敵兵たちも慌てて四月《よづき》を警戒するが、しかしすでに遅すぎた。

四月《よづき》に対して何かしらの行動を起こすまでもなく、その場に展開していた敵兵たちは皆、その全身を霜に食われて生々しい氷の彫像へと変貌していく。

その凍結の拡散たるや、先ほどまでの戦闘とは比にならぬほどの尋常ならざる速度で。

それはもはや、ある種の災害にも等しい有様であった。

大気中の水分すら凝結し、真冬のような大粒の雪がしんしんと降り積もる。

一体どんな現象なのか辺りの空気はわずかに帯電し、青紫色の電光が時折弾《はじ》けていた。

まるで動くもののない、無音の戦場。

ただ静かに立ちつくす四月《よづき》に、レンカはゆっくりと立ち上がると、足の怪我《けが》も無視して駆け寄ろうとする。

だが――その時のことだった。

轟《ごう》、と凄《すさ》まじいほどの吹雪が吹き荒れて、レンカはたまらずその場に立ち止まる。

「……四《よ》、月《づき》？」

レンカの声に、けれど彼女は答えない。

焦点の合わない瞳でレンカを見つめながら――彼女は微《かす》かに白い息を吐いて、その手をかざす。

瞬間。ぱきぱきぱき、と地面から音がして、レンカは本能的にその場から横に転がる。見ると今まで立っていた場所に、鋭く伸びた氷柱《つらら》が突き立っていた。

「四月《よづき》、おい、四月《よづき》！　しっかりしろ、何を……」

そう声を上げるレンカだったが、言い終わる前に四月《よづき》の二撃目、三撃目が襲い来る。

吹雪の中、ただ鬼火のように爛々《らんらん》と輝く青い双眸《そうぼう》が、レンカを射抜いて。

そのありように、レンカは思わず身をすくめる。

化物。先ほど絶命した敵兵の言葉が、耳の中で反響して。

と同時に、先ほどから冗談みたいにがくがくと震え続ける己の足にレンカは気付く。

怪我《けが》のせいもあるだろう。寒さのせいも、あるだろう。

だが――それだけではない。

恐怖。今レンカが四月《よづき》に対して抱いている感情は、間違いなくそれだった。

そんな自分の心の中身に気付いて、レンカは思わず、失笑をこぼす。

『人間は、化物の隣にはいられない。化物の隣にいられるのは、化物だけさ』

そう言ったあの男《ランバージャック》の言葉を思い出して、その通りだ、とレンカは笑う。

カイたちにはあんな大見得を切ったというのに。結局俺はこの土壇場《どたんば》でまだ、彼女の側に行くことを躊躇《ためら》っているのだから。

人間は、化物の隣にはいられない。

俺も、同じ——


「……レンカ」


そんなレンカの思考を、中断したのはかすかに聞こえたそんなか細い声だった。

消え入りそうな、しかしその声は確かにレンカを、呼んでいて。

瞬間——震えていた膝が、ぴたりと止まる。

全身を覆っていた言い知れぬ恐怖感が外れて、レンカは再び、顔を上げて四月《よづき》を見る。

生気のない眼差《まなざ》しは、今もどこか、どこでもない遠くを見つめていて。

けれどそんな彼女のことを、レンカはもう一度、まっすぐ見つめる。

吹雪のヴェールに覆われた、独りぼっちの氷の聖女。彼女について知っていることは、そう多くはない……けれど、それでも。

そこにいるのは――レンカにとっては見慣れた、ただの一人の少女だ。

やたらとお姉さんぶって、なのに意外と常識を知らなくて。

たまにわがままで聞き分けがないけれど、妙なところでとても素直な――ただの一人の女の子。

それだけ知っていれば、彼女を好きになるのにはもう、十分すぎるほどだった。

右頬に、そっと手を触れる。

そこにはまだ、残っている。彼女のくれた柔らかで、温かなものが、残っている。

だからレンカは、もう震えない。もう迷わないし、恐れもしない。

怪我《けが》をしたままの足を引きずりながら、続けざまに放たれた氷柱《つらら》の一撃をどうにか避けて、レンカは覚悟を決めるとそのまま前へ、四月《よづき》の方へと踏み込む。

しかし彼女はそれを、許さない。拒絶するかのように視界がホワイトアウトして、轟《ごう》と吹雪のカーテンが膨れ上がる。

吹き飛ばされそうなほどの風圧。思わず呼吸が乱れそうになるほどの乱流と、そして気道が凍りつきそうなまでの冷気を前に息を止めながら、レンカは顔を腕で覆って一心不乱に駆け抜ける。

すると吹雪の壁を抜けたのか、身体がすとんと軽くなって。もはや足の痛みすら忘れて、レンカは目前に立つ四月《よづき》の両肩を、がっしりと摑《つか》んで抱き寄せた。

「――四月《よづき》、しっかりしろ！　もう、もう終わったんだ！」

そう叫ぶレンカに、けれど彼女は、答えない。

「……あ、ぁ、あ」

ただそう、声にならない声を漏らして。瞬間、彼女の身体からは吹き出すように冷気が迸《ほとばし》る。まるで氷の塊でも抱きしめているかのような感覚。むき出しになったレンカの顔を冷気の乱流が撫《な》でつけて、その頰には惨《むご》たらしい凍傷が焼き付く。

何が起きているのか、分からなかった。

だがひとつ、分かるのは――彼女が今、怯《おび》えているのだということだけ。

……だから。

そのあまりの激痛に声を上げそうになりながらも、レンカはただ、四月《よづき》を抱きしめる。

抱きしめた彼女の身体はひどく細くて、冷たくて。

それはまるで降り終わったあとの雪の結晶みたいに繊細で、儚《はかな》げで――だから彼女が消えてしまうんじゃないかと思って、一心不乱に抱きしめ続ける。

「四月《よづき》」

彼女の名を、呼ぶ。

「四月《よづき》」

体温を奪われすぎたせいか、全身の感覚がなくなってきて。けれどまだ口が動くから、名を呼び続ける。

「……よ、づき。目を、覚ませよ」

真っ青になった唇でそう呟《つぶや》いて、ひときわ強く、彼女を抱きしめて。

「……レンカ」

すると四月《よづき》の唇が再び、うわ言のようにそう、レンカの名を紡《つむ》ぐ。

「四月《よづき》――俺は、ここに、いる。……あんたは、一人じゃ、ない！」

力いっぱいの声を絞り出して。

喉に流れ込む凍気にむせこみそうになりながらも、そう叫んで。

そんなレンカの言葉が届いたのか否《いな》か。不意に辺りを覆っていた冷気の奔流が、消え失せた。

「レンカ」

半ば意識が飛びかけていたレンカの耳にもう一度、そう呼ぶ声が聞こえる。

沈みそうだった意識の紐《ひも》を引き上げながら、レンカはゆっくりと――彼女から少しだけ体を

離して、その顔を見る。

綺麗《きれい》な青い瞳いっぱいに涙をためて、今にも泣き出しそうな表情でこちらを見つめる彼女。

「……レンレン、私、なんてこと──」

凍傷で皮膚がごっそりと剝《む》け爛《ただ》れたレンカの頰を見ながら、いよいよこらえきれずに嗚咽《おえつ》をこぼす彼女に、レンカは唇の端をわずかに歪《ゆが》めながら返す。

「はは。いい顔になったろ」

そんなレンカの似合わぬ軽口に、四月《よづき》は涙を止めて目を瞬《またた》かせて。

「……全然、似合ってないよ」

涙のあとが残った顔をくしゃくしゃに歪《ゆが》めて笑う彼女を見つめながら、レンカの意識は、そこで途切れた。


──。


無数の帝政圏の兵士たちの屍《しかばね》が並ぶ中、ただ二人だけ立ち続ける彼らを──狙撃用の高倍率スコープが捉える。

まず四月《よづき》の頭へ。そして次は、レンカの頭へと照準を動かした後で、狙撃銃を握ったランバージャックはゆっくりとその銃口を彼らから外した。

「A－004の鎮静化を確認。守衛官《ディフェンダー》各員は周辺を警戒しつつ回収に当たれ。……現場に一人、こちら側の兵士がいるがそいつも一緒にだ」

『了解』

通信インカムにそう命令を送った後、今しがたまで構えていた狙撃銃を肩に担《かつ》いでランバージャックはもう一度、彼ら二人のいた方へと視線を遣《や》る。

スコープなしには見えないけれど。けどきっとそこにいるであろう二人に向かって、彼はインカムのスイッチを切ってぽつりと呟《つぶや》く。

「……何で生き残ってんだよ、バカどもが」

その時の彼の表情を知るものは、誰もいない。

◆現在。一九四三年二月十二日十四時十分、レヴァン平原北部にて。

「たった一人の少女の犠牲で、我々が得たのは数週間の猶予でした」

地平いっぱい、見渡す限りに泥濘《でいねい》と無数のクレーター、そして放棄された軍用車両がまばらに置かれているだけの殺風景。

青々とした空くらいしか目を楽しませるものなどない中、荒野を突っ切るただ一本の未舗装の道を進む車内で火傷《やけど》痕の軍人は静かに話を続けた。

「あの戦闘で『聖女』が負傷したという情報は、帝政圏側にも渡っていたのでしょうね。一個師団の喪失すらものともせず、彼らはその後再び大軍を集結させて、『聖女』が不在となったレニンベルクの攻略に着手した。……その結果が、あれです」

戦の傷跡も生々しい旧レニンベルク市の廃墟《はいきよ》の街並みを思い出して、私は目を伏せて黙り込む。そんな私を静かに見つめながら——軍人はぽつりと呟《つぶや》いた。

「記者さん。これまでの話の中で、貴方《あなた》は『聖女』というものをどう捉えましたか？」

「どう、ですか」

やや唐突なその質問に、私はしばらく唸《うな》り声《ごえ》を上げて。それから正直に、首を横に振って答える。

「……分かりません。貴方《あなた》の話を聞いても、正直まだ何も」

「ええそうでしょうね。分からないように、話しましたから」

そんな私の答えにけろりとしながらそう返すと――彼はそのまま、代わり映えのしない平坦《へいたん》な調子で続ける。

「彼女たちについてひとつ言えることがあるとすれば、あれはプロパガンダのための張子《はりこ》の虎《とら》でもなければ神に選ばれた宿星の使徒でもなんでもない。……純粋たる『兵器』でした」

「兵器……？」

オウム返しにそう呟《つぶや》く私に、彼は首肯を返す。

「ええ、兵器です。もっと付け加えれば、出来損ないも甚《はなは》だしい、不具合まみれの欠陥兵器とでも言うべきでしょうか」

そんな彼の発言に、何とももやもやとした気分が溜《た》まる。彼の言い方ではまるで、『聖女』というものをひとつの物として扱っているかのようではないか。

内心でそんな折り合いのつかない思いを渦巻かせていると、軍人がわずかに肩を揺らす。

「モノ扱いが、癇《かん》に障《さわ》りましたか」

こちらの心境を見透かすようなその言葉に、私は思わず肩を震わせて「いえ、そんな」と慌てて返した。こんなところで案内役の彼の機嫌を損ねでもしたら、せっかく取り付けた取材がパァになってしまう。

けれどそんな私の態度に気を悪くしたふうもなく、彼は口元に微《かす》かな笑みを浮かべた。

「結構なことです。一般的な良識があれば、貴方《あなた》のように思うでしょう。ですが――あいにくとそれは、戦争というあの狂騒の中では簡単に見失われてしまうものでもありました」

そう言いながら彼はただ、走り続ける車両の窓から外を眺める。

そんな彼の横顔を見つめながら、私はずっと気になっていたことをひとつ問う。

「……あの、ひとつ伺っても」

「ええ、どうぞ」

「『聖女』がいなくなったって、先ほどからおっしゃっていますけど。……この戦いの後、『聖女』はどこへ行ったんですか？」

彼の話では、どうやらこの戦闘で「聖女」が戦死したとか、そういうわけではないらしい。

なのにレニンベルクは滅んだ。「聖女」がもう、そこにはいなかったから。

であれば「彼女」は――その後どこへ？

私の問いに、軍人は一瞬だけ、こちらへ視線を向ける。

その鋭い眼光に思わず身をすくめる私に、けれど彼はすぐに先ほどまでと同じ感情の乏しい顔で言葉を続けた。

「今向かっている先に、その答えはあります」

そんな彼の答えに、私は目を瞬《またた》かせながら進行方向の窓を凝視する。

見渡す限りの荒野。地平線のその先には、けれど何かが見えてくる様子もない。

思えば、何の説明もなくあの街から移動し始めたわけだけれど……一体これは、どこへ向かっているのだろう？

「あの、軍人さん。そういえば聞いてませんでしたけど……私たちって今、どこへ向かっているんですか？　レニンベルクから、どんどん離れてる気がするんですけど」

「ああ、少し遠いので一日くらいは掛かるかもしれません。寝ていても結構ですよ」

どうにも話が噛《か》み合《あ》っていない。質問を重ねようとした私に、先んじて軍人がいたずらっぽく微笑《ほほえ》みながら言葉を続ける。

「『聖女』について知りたいと、貴方《あなた》は言っていましたね」

「……ええ、まあ」

「今までの話を聞いてもなお、その先を知りたい気持ちは、おありですか？　たとえそれが、知るべきでない真実であったとしても」

そんな彼の問いかけに。

私は少し考えた後で、やはり頷《うなず》く。

「……私も、記者の端くれですから。知るべきでない真実なんて、そんなものはないと思っています。知るべきか否《いな》かなんて、それを知った人間が決めることです」

「素晴らしい、記者としては百点満点の答えですね。……まあ、よいでしょう」

鼻を鳴らしてそう呟《つぶや》いて、その鋭い眼差《まなざ》しでこちらを一瞥《いちべつ》した後——彼は再び窓の外へと視線を戻す。

「貴方《あなた》がこれから知ることになるのは、ひとつの真実。あるいは真実を構成する要素のうちのひとつです。すなわち、『聖女』と呼ばれた少女たち——彼女たちがどこから来て、どこへ消えたのか」

窓から差し込む陽光がきらめいて。その逆光のヴェールで顔を覆われながら、彼は告げる。

「『箱庭』。その場所のことを彼女たちは、そう呼んでいました」

■6——一九三九年五月。「箱庭」の聖女たち。

その日はとにかく、ひどく寒かった。

夢すら見ないくらいの深い眠りの後で、レンカが目を覚ますとそこには、見慣れたテントの天井があった。

寝起きで判然としない意識のまま、次に感じた刺激は鼻につく、消毒液のつんとした匂い。どうやらここは、救護テントの中らしかった。見ればレンカ以外にも、以前の戦闘で傷ついた傷病兵たちが大勢横たえられている。

目は覚めたけれど、いまだ頭の中はどうにもぼうっとする。体中がどうにも重くて、泥の中に埋もれているみたいだ。

寝台の横には点滴台が置かれていて、透明な輸液で満たされたチューブはレンカの左上腕へと注いでいる。

何故《なぜ》、こんなことになっているのか——と、直前の記憶を思い出そうとしたところでレンカは右頬の疼痛《とうつう》に顔をしかめる。

思わず触れるとそこには分厚いガーゼが当てられていて、けれど何重にも重ねられたガーゼには表面からでも分かるくらい染《し》み出《だ》しがあった。

「お、お前さん、気がついたのか！」

不意に声が投げかけられて視線を動かすと、そこにいたのはあの、仮面の中年調律官《ウォッチャー》。

レンカの元へと駆け寄ってくる彼に、レンカは痛む頬に気を遣いながら口を開く。

「ウォッチャー。俺は、どうなってたんだ……？」

「寝てたのさ。丸二日くらいな」

「二日だって？」

あっさりとしたその返事に、動揺を隠しきれず絶句するレンカ。そんなレンカに向かって、一方的に調律官《ウォッチャー》は言葉を続けた。

「鎮痛剤効かせまくってたからな、まだ朦朧《もうろう》としてるか。……お前さん、二日前の戦闘で大怪《おおけ》我《が》したんだぞ。足には穴開けてるし、体中は凍傷だらけ。死体みたいな低体温で運ばれてきたもんだから、そのまま棺桶《かんおけ》にぶち込んでやろうかと思ったくらいだ」

言われて自分の体を見回してみると、なるほど大げさなまでにあちこちに包帯が巻き付けられている。……全身にぼんやりとした感覚が残るのは、痛み止めが効いているがゆえだろう。

無意識のうちに痛む右頬を押さえていると、調律官《ウォッチャー》が言葉を続けた。

「ああ、顔の凍傷は特にひどくてな。……変な期待は持たせたくないから言っとくが、多分この先もけっこう痕が残るだろうよ」

「……遠慮ってのはないのか、あんた」

「こういうのは変に遠慮するより直截《ちょくせつ》に言ってやった方が気が楽なのさ、お互いにな」

あっけらかんとそう答える調律官《ウォッチャー》に呆《あき》れ混《ま》じりのため息をつきつつ、レンカはもう一度右頰を撫《な》でる。

特に自分の顔に思い入れがあるわけでもない。レンカにとってはそんなことは、今はどうでもよかった。

むしろ――彼との話の中で少しずつ、あの時の記憶が結び直されてきて。だからレンカは、湧き上がってきた疑問を彼にぶつける。

「……ウォッチャー。あれから、どうなったんだ」

「帝政圏の部隊はほぼ壊滅状態で、生き残りの連中も尻尾を巻いて逃げ出したらしい。『聖女』様様、ってもんさな」

そんな彼の返答に、レンカは「そうか」とだけ答えて。

「四月《よづき》は。……『聖女』は、どうした」

そんなレンカの質問に。調律官《ウォッチャー》はしばしの沈黙の後、首を横に振る。

「さてね。私のところに運び込まれてきたのはお前さんだけだったから、知らんよ」

「……そうか」

ぽつりとそう返しながら、レンカはゆっくりと上体を起こして寝台から降りようとする。

しかし二日間の寝たきりが思ったよりも体を鈍らせていたらしい。支えにしていた右手に力が入らず倒れそうになるレンカを、横から伸びてきた調律官《ウオツチヤー》の腕が支えた。

「おいバカ、何やってんだ。言っちゃあ何だがお前さん、相当ヤバい状態だったんだぞ。無茶せず寝てろ」

「……行かないと。四月《よづき》のところに、俺は……」

「おい、坊主《ぼうず》」

うわ言のように呟《つぶや》きながら身をよじるレンカをなお押さえながら、調律官《ウオツチヤー》はじっとレンカを見つめて続ける。

「言ったはずだ、あれに深入りはするなって。あれは、お前さんとは住む世界の違うものだ――もう、忘れろ」

「あんたには、関係ない。そこをどいてくれ」

レンカの答えは簡潔。そう突っぱねると、弱った体に鞭打《むちう》って立ち上がり、点滴台を握ったまま歩き出そうとする。

そんなレンカをじっと見つめて――調律官《ウオツチヤー》はやがて、ため息混じりに声を投げかけた。

「おい坊主《ぼうず》。……せめて点滴くらいは外してけ。邪魔くさいだろ」

——。


救護テントを出て、レンカはまだふらつく足のまま、松葉杖《まつばづえ》を突いて歩き続ける。

あてがあるわけではなかった。レンカは彼女のことを、結局のところ何も知らなかったのだから。

だから——レンカが辿《たど》り着《つ》いたのはやはり、あの廃教会だった。

重い扉を押し開けて、中に入る。いつもどおり、薄暗い礼拝堂の中に向かってレンカは力いっぱい、叫ぶ。

「四月《よづき》！　どこだ、四月《よづき》……！」

がらんどうの空間に、その声だけが反響して。けれど返ってくる声は、ない。

中に足を踏み入れて、横倒しの祭壇へと近付く。

『——あ、レンレン。おはよう、今日もちっちゃいねえ』

なんて、小憎らしいことを言ってくる彼女の姿は、そこにはなかった。

誰もいない祭壇に、腰を下ろして天井を見る。

よく晴れた青空が、天井にあいた隙間から垣間見《かいまみ》えて。そこから差し込む僅かな日差しに、レンカは目を細める。

ひんやりとした空気の中で丁度そこだけ、かすかな陽光に照らされて暖かい。

病み上がりで、体力もまだ戻りきっていないせいもあるだろう。そこに座り続けて、待っているうちにレンカはやがてうつらうつらとし始める。

結局その日、四月《よづき》が姿を現すことはなかった。

■

「レンカの奴《やつ》、大丈夫かな」

昼下がりの食堂。塩味のきつい配給のソーセージをつつきながら、そうぼやいたのはカイだった。

レンカが目を覚ましてから、三日。あれからというもの、カイもシャルも、彼と顔を合わせた回数はわずか程度しかなかった。

というのも。レンカときたら気がついて早々、何かに取り憑《と》かれたみたいに毎日あの廃教会へと足を運んで、深夜帯の巡回の時間までずっとそこにいるのだ。

帝政圏の侵攻の危機はひとまずは去ったものの、次またいつ再侵攻を目論《もくろ》んでくるか分かったものではない。「聖女」の存在を知ってなおあの大部隊を寄越してきたということは、敵もそれだけこの街の奪取に躍起になっているということだ。

そんな物々しい状況の中——レンカの振る舞いは当然、上官からも目をつけられ始めていた。そもそも今回の怪我《けが》だって、彼の独断専行ゆえの負傷である。本来ならば即刻銃殺となってもおかしくなかったところ、何のお咎《とが》めもなしだったのはひたすらに謎であったが——とはいえこんな身勝手な真似《まね》を繰り返していたら、今度こそいつ処罰を受けてもおかしくはない。

……ったく。余計な心配かけさせやがって。悶々《もんもん》としながらソーセージを突き刺そうとして、しかしつるりと滑って貴重な一本が床に飛び落ちる。

畜生、レンカの奴《やつ》。今度会ったら絶対ソーセージ弁償させてやるからな——なんて、そんなことを考えていると、シャルもぽつりと口を開いた。

「……あの子のこと、考えてるのかな。あれから見かけないし」

あの子、というのは勿論《もちろん》あの「聖女」——四月《よづき》のことだ。

彼女もまた、あの戦闘の後カイたちの前に姿を見せることはなかった。

「聖女」についての情報は、カイたちには全く与えられていない。ただカイたちが知っているのは、自分たちの与《あずか》り知らぬところであの馬鹿げた奇襲作戦が無事成功を収め、帝政圏の連中が潰走《かいそう》したらしいという上層部からの発表だけ。

四月《よづき》が無傷なのか、それともあの戦闘で怪我《けが》のひとつでもしたのか。肝心の本人が姿を見せない以上、カイたちにはそれを知る由《よし》もなかった。

アンニュイな表情で黒パンをかじるシャルを見ながら、カイは大仰にため息をつく。

「まったく、レンカの奴《やつ》も四月《よづき》さんも、罪なもんだぜ——こんな美少女を泣かせてよ。いくら中身が暴力女だって言っても、ガワと胸はちゃんと美少女してんだから」

いつもどおりの軽口を叩《たた》きながら、シャルの反撃を予想して頭を守るカイ。

けれど彼女から鉄拳が飛んでくることはなく。代わりに聞こえたのは大きなため息だった。

「………どうしたらいいんだろ、私」

カイの言葉などまるで聞こえてない様子で自問するシャル。そんな彼女を見ながら、カイもまたもう一度、大きく肩をすくめて床から拾ったソーセージを口に放り込む。

まったく、レンカの野郎め、ふざけやがって。

一体何を背負い込んでんのか知らねえけどよ——勝手に一人だけで抱え込んでんじゃねえよ。

■

それからもレンカは、待ち続けた。

作戦部は戦況の見直しを始め、レニンベルクの駐屯部隊にも近々新たな指令が下ろうかという状況の中。

慌ただしさを増す人々の空気など、まるでどこ吹く風といったふうに——レンカは毎日、そこで待ち続ける。

一日目。彼女は、来なかった。

二日目、彼女は来なかった。

三日目、四日目。彼女は来なかった。上官に一度、こっぴどく殴られた。

無音の礼拝堂の中、レンカはただ、待ち続ける。

四月《よづき》がいなくなって、胸にはぽっかりと穴が開いたみたいで。

彼女がここに来るあてなんてないけれど——けれどそれを埋める方法なんて知らないから、ただこうして、待ち続けるしかなかった。

昨日上官に殴られた左頬をさする。右も左もこれじゃあ、さぞかし酷《ひど》い顔だろう。

……このままこうしていたら、どうなるのだろう。

たかが少年兵とはいえ、それでもレンカは軍人だ。こんな自分勝手な振る舞いが、いつまでも許されるはずはない。

むしろ今の今まで、体罰ひとつで済んでいるなんて破格と言ってもいいだろう。部隊を置いて四月《よづき》の元へと向かったあの独断専行だけでも、銃殺刑に値するはずだ。

……それでも、いいと思った。

このままこんな、空っぽのままで生きているくらいなら、いっそ殺されてもいい。

そんなことを考えながら座り続けて──いつの間にか、眠っていたらしい。気付けば隙間から見える空は、薄紫色に変わり始めていた。

そろそろ、兵舎に戻った方がいいだろうか。そんなことをぼんやりと思って、レンカが立ち上がろうとした、その時だった。

ぎい、と音がして、礼拝堂の扉が開く。反射的にそちらに、視線を向けて。

「……おまたせ、レンレン」

五日目。

いつものように微笑《ほほえ》む彼女には、右腕が、なかった。

■

礼拝堂の入口に立っていた四月《よづき》を、しばらくの間レンカはただ呆然《ぼうぜん》と見つめていた。

かつ、かつと、四月《よづき》の軍靴《ぐんか》が床を鳴らして。

やがて目の前まで彼女が来たところでようやく、レンカは声を発した。

「……よ、づき」

レンカがそう、彼女の名を呼ぶと。四月《よづき》は少しだけ嬉《うれ》しそうにはにかんだ後、けれどすぐ、悲しそうに眉をひそめる。

「レンレン。その顔……」

ガーゼが取れて傷跡が剝《む》き出《だ》しになっていた右頰を、手袋に包まれた彼女の左手が、撫《な》でる。

痛くはない。代わりに少ししびれるような、奇妙な感覚だけが伝わってきた。

「……私が、やったんだよね。ごめん」

「あんたのせいじゃ、ない。……そんなことより、あんたこそ。その、右手──」

季節外れの、分厚い軍用コートを着込んだ姿。いつもどおりのその格好で、だが決定的に違っていたのは彼女の顔に張り付いた痛ましいガーゼと──空っぽになった、右手の袖。

肘から先ほどまで、あったはずのものがなくなったその袖をひらひらと揺らして、四月《よづき》は困ったように笑う。

「……ああ、これね。あの時の怪我《けが》が、ちょっとひどかったみたいで──もう動かないから切ったほうがいいって言われて」

ちょっと擦りむいただけ、程度の軽い口調でそう言って笑う彼女に、けれどレンカはそんな、空っぽの袖をぎゅっと掴《つか》んでうなだれる。

「……俺の、せいだ」

「え？　え？　何で？　レンレンは別に、なにも」

「俺がもっと早く、あんたを助けられていれば。そうすれば──」

そう言いかけたレンカに、四月《よづき》はゆっくりと首を横に振って返す。

「そんなことないよ。レンレンは私を、ちゃんと助けてくれたもの。……『ナイトさま』、みたいだった」

えへへ、と照れたように笑うと、彼女は袖を掴《つか》むレンカの手をゆっくりと離して──その場から一歩、後ずさる。

「あのさ、レンレン。今日ここに来たのはさ、レンレンに、お別れを言うためなんだよね」

ぽつりと、そう告げた彼女の顔を見る。その顔は――いつもどおりの穏やかな表情で。

だからレンカは、一体何を言われたのかしばらく理解できずにぽかんとする。

「……お別れ、って。どういう」

「命令でね。私は別のところに行けって、そう言われたの。だから」

「別のところ……別の戦場ってことか」

「ううん」

レンカの問いに首を横に振ると、四月《よづき》はまた、少し困ったような笑顔を浮かべて、

「私、もう役立たずなの。だから――いらないから、しまっちゃうんだって」

なんて、そんなことを言う。

役立たず？　いらない？　何を言っているんだ、彼女は。

「……怪我《けが》、したからか。だったらやっぱり、俺のせいで――」

「違うよ。そうじゃないの」

再び、今度はさっきよりも強く否定して、彼女は静かに続ける。

「私、壊れちゃったみたいなんだ。どうしてかわからないけど、あの時――レンレンに、怪我《けが》をさせちゃったあの時。あれから私、『秘蹟《ひせき》』をうまく制御できないの」

「制御、できない……？」

レンカの言葉に、彼女は頷《うなず》いて返す。

「あの時、私、自分が何していたのかよく覚えてないの。ただ、寒くて、痛くて、怖くて――それでずっと、泣いてたような気がして。そうしたら、目が覚めたら貴方《あなた》がいて。……けどその間に私は、大変なことをしてしまった」

俯《うつむ》いて呟《つぶや》く彼女の足元で、ぴしりと乾いた音が鳴る。

……見ると彼女の足元に、うっすらと霜が広がっているのが見えた。

「今も、こう。どきどきしたり、熱くなったり、胸が苦しくなったりすると、勝手に出ちゃう。……力を自分で制御できない兵器なんて、危なくて使えないでしょ。だから私はもう、ここにはいられないの」

「……ふざけるなよ」

まるで他人事《ひとごと》みたいな調子でそう告げる彼女に、レンカは詰め寄ってその左手をぎゅっと掴《つか》む。

「さっきから、あんたは何だってそんな風に――自分のことをまるで、モノみたいに言うんだ。あんたは、人間だろ」

胸の奥のもやもやを吐き出すように、力強く告げるレンカ。そんな彼に、しかし彼女はゆっくりと首を横に振る。

「ううん、違う。私は――貴方《あなた》とは、違うの」

「何が違うんだ」

「それは……」

そこで口ごもる四月《よづき》に、レンカは堰《せき》を切ったように、言葉を続ける。

「俺は、あんたのことを何も知らない。あんたがいつもどんなところに住んでいて、どんなものを食べてて、俺たちと一緒じゃない時、どんなことをしてるのか。あんたが何で、どこから来たのか。なんでそんな力を持っているのか、何で時々あんな苦しそうにしてるのか。何も……何も知らない」

知らなくても、いいと思っていた。むしろ知ればきっと、何か取り返しのつかないことになると――そう思っていたから、あえて踏み込まずにいた。

……その結果が、これだ。だから。

「だから俺に、教えてくれ。あんたが背負ってるものを。そうでなきゃ俺は、あんたの隣に立てない」

彼女の左手を握っている右手が、しんと冷え込む。見ると右手の表面に、わずかに霜がこびりついていた。

「……離してよ、レンレン。手が――」

「教えてくれたら、離してやる。……俺を氷漬けにしたくなかったら、教えてくれ。あんたのことを」

手の感覚が、なくなってきた。見ると指先が真っ白になっている。……このまいくと本当に、手が壊死《えし》するかもしれない。

そんなレンカの手を、四月《よづき》もまた不安げに見つめて。けれど左手だけでは振りほどけずに、彼女は泣きそうな顔でぎゅっと目をつぶって――

「……わかったから。わかったからお願いレンレン。手を、離して」

苦渋の声でそう告げた彼女に頷《うなず》いて、レンカはかじかんで動かない右手を左手で無理やり引き剝がす。

表面を覆っていた分厚い霜を払ってしばらくしていると、少しずつだが指先の赤みが戻ってきた。

それを見てほっと安心げな息を吐いた後。四月《よづき》はレンカに促され、観念したように長椅子のひとつに座る。

そんな彼女に向き直りながら、レンカは改めて――質問を投げかけた。

「教えてくれ、四月《よづき》。あんたは一体、何者なんだ。『聖女』っていうのは一体……何なんだ」

そんなレンカの問いかけに、彼女はなおも唇を結んで俯《うつむ》いて。

しかしレンカの視線に圧《お》されてか、おずおずと、口を開く。

「……貴方《あなた》たちが、『聖女』と呼んでいるもの。私たちの本当の呼称は――『聖女《アーティファクト》』っていうの」

「……『被造物《アーティファクト》』？　何で、そんな――」

「それは私たちが、『造られたもの』だから」

静かな声音でそう告げて、彼女はゆっくりと、その顔を上げる。

「アカデミーが造った、遺伝子改変による人類超越種。戦うためだけに造られた、人の形の兵器。それが——『私たち《アーティファクト》』よ」

そんな彼女の言葉を、レンカはすぐには理解ができず、沈黙する。

遺伝子改変？　人の形の、兵器？　……何を言っているんだ、彼女は？

それはまるで、カイがたまに調達してくる安物小説で出てくるような荒唐無稽な話のようで。

それゆえ、にわかには信じられず沈黙するレンカに——彼女はそのまま、話を続ける。

「『秘蹟《ひせき》』と呼ばれる異能の力を振るって敵を薙《な》ぎ払《はら》う、超人の兵士。私も、私の姉妹たちも、そうデザインされて造られたわ。……生まれてすぐから成長促進剤を投与されて、頭にも、電極をくっつけて色んな情報を入れられて。たった数年で、私たちはこうして実戦に投入されることになった」

「数年？」

訊《き》き返《かえ》したレンカに、彼女はとっておきのイタズラをばらす子供みたいな笑顔で続ける。

「私の製造年は、一九三六年。……今年で三歳かな。実は貴方《あなた》より、ずっと年下なんだよね。びっくりした？」

冗談めかした調子で、そんな冗談じゃないことを告げて。それから彼女は天井を、そこに空いた隙間からのぞく空を見上げる。

「……戦場に出てからも、自慢じゃないけど私も皆も、すごい成果を上げ続けたわ。私たちは、完璧な兵器だった。研究者さんたちも私たちも、皆そう、思ってた」

そう言いながら彼女は、失われた右腕に視線を落とす。

「今でも、覚えてる。最初の発作が起きた時のこと。……最初に投入された戦闘で、『秘蹟《ひせき》』を使っていたら急に全身が痛くなって、立ってられなくて――そのまま私、気を失っちゃったの。気付いたら……戦場になった森が、まるごと氷漬けになってた」

すごいでしょ、と小さく笑いながら、彼女はため息混じりに続ける。

「他の姉妹たちも、皆同じだった。人によって症状は違うけど、皆何かしら、そういうことがあった。研究者さんたちは色んな検査をして――それでその原因が、私たち自身にあるってことがわかったの」

「……どういう、ことだ？」

レンカの問いに、わずかに肩をすくめながら彼女は言う。

「『聖痕《スティグマ》』って、研究者さんたちは言ってたかな。よくわからないけど、遺伝子、っていうのがおかしいんだって。人間になるはずだったものを歪《ゆが》めて造られたから、だからあちこちの設計図がめちゃくちゃになってて――数年もすれば壊れちゃうんだって、そう言ってた」

己の胸に手を当てながら、そう呟《つぶや》いて。そんな四月《よづき》の言葉に、レンカは頭が真っ白になる。

数年で、壊れる？　つまり、それは、死——

思い浮かんだ言葉を打ち消しながら、レンカは四月《よづき》に、問いを重ねる。

「……なんとか、ならないのか。……そうだ、発作の時に使ってる薬が、あったはずだ。あれを使っていれば大丈夫なんじゃないのか」

焦燥感のにじむそんなレンカの言葉に、けれど四月《よづき》は首を横に振る。

「あれは、ただの抑制剤——一時的に『聖痕《スティグマ》』を抑えるだけのお薬だから。……治すのは、無理だって」

「でも、それじゃあ、あんたは」

そんなレンカの問いに、彼女は答えずに。ただ少し、困ったように笑ってみせる。

それだけで、答えとしては十分だった。

「あーあ、こんなこと、レンレンに話すつもりなかったのに。……ううん、話したかったのかな。本当は私も貴方《あなた》を、巻き込みたかったのかも」

ため息混じりにそう告げて、脱力した様子で彼女は椅子の背にもたれかかる。

「私ね、いつも、一人だったんだ。私の『秘蹟《ひせき》』は敵も味方も関係なく巻き込んじゃうものだから——守衛官《ディフェンダー》たちも私の近くには絶対に近付こうとしないし、戦場でも誰も、そばにいてくれない。……まあ、そのお陰でこうして自由行動もさせてもらえてるし、レンレンとも会えたんだけどね」

よかったよかった、とどこか薄っぺらな笑みを浮かべて笑う四月《よづき》。

そんな彼女を直視できずに、レンカはうなだれたまま、ぽつりと呟《つぶや》く。

「……これから、どうなるんだ」

「え？」

「この戦場からいなくなって、それからあんたは、どこに行くんだ」

役立たずだと。壊れかけなのだと、彼女は言った。ならば軍部は、彼女を一体どうするつもりなのか。

最悪の想像を浮かばせるレンカに、けれど四月《よづき》は小さく肩をすくめて返す。

「レンレン、怖い顔になってる。……別に私だって、処分されたりするわけじゃないよ。ただ――帰るだけ」

「帰る……？」

訝《いぶか》しげなレンカに、四月《よづき》は静かに頷《うなず》いて続ける。

「私たち『聖女《アーティファクト》』は皆、『箱庭』っていうところに送られるの。そこで最終訓練を済ませて、戦場に出て、なにもない時にはまたそこに帰る。……こういうの、『家』って言うんだっけ」

穏やかな調子でそう告げた彼女に、しかしレンカは、晴れない顔のままで問いを重ねる。

「『箱庭』……そこに帰って、それからはどうなるんだ」

その問いに、四月《よづき》は少しだけ目を丸くして。

それからイタズラがバレた子供みたいに小さく笑って、言葉を続ける。

「それからは、ないよ。壊れるまで、ずっとそこで暮らすの。……言いたくなかったのに、レンレンは勘がいいなぁ」

あくまで軽い調子でそう返した彼女に、レンカは言葉を失う。

壊れるまで。つまり彼女はこれから、死ぬまでずっと「箱庭」とやらで過ごすのだ。

街を歩くことも。人々の喧騒《けんそう》を聞くことも。

道を往く野良猫《のらねこ》を追いかけることも、甘いチョコレートを頬張ることもなく。

ただ彼女は——壊れた道具のように、仕舞い込まれるだけ。

仕舞い込まれて、朽ちるだけ。


拳を静かに震わせながら、レンカはぽつりと呟《つぶや》く。

「……あんたは、それでいいのかよ」

顔を上げて、四月《よづき》を真《ま》っ直《す》ぐに見つめて。

静かな笑みを浮かべ続ける彼女に、レンカは激情のままに言葉をぶつける。

「『箱庭』ってのがどんなとこかは、知らないけど。それでも——そこに行ったらもうあんたは、どこにも行けないんだろ。それであんたは、納得できるのか。……もう野良猫《のらねこ》を追いかけることも、チョコレートを食うことだって、二度とできないかもしれないんだぞ」

「命令だからね。そうするしか、ないよ。私は……兵器だもの」

「違う。あんたは兵器なんかじゃない。俺やカイやシャルと同じ――人間だ」

真《ま》っ直《す》ぐにそう告げると、彼女の笑みがかすかに揺らぐ。

笑顔の仮面の下に隠されたものが、霞《かす》んで見える。

「この前、桜の花の話をした時。……『見てみたい』って、あんたはあの時そう言ってた」

そう告げた瞬間、彼女の顔から笑みが剝がれ落ちて。

「『箱庭』に行ったら――見に行けないだろ」

静かな、けれど力強いその語調に、四月《よづき》は氷のような顔のまま、きゅっときつく唇を結ぶ。


「……じゃあ、どうすればいいの」


そう呟《つぶや》いた彼女の顔は、今まで見たこともないような表情をしていた。

泣きたいのを必死でこらえる幼子のような、悲痛の色。膝の上に置いた左の拳をふるふると震わせて、彼女は声を荒げる。

「やだよ。私だって、もっと色んなものが見たい。色んなとこに行って、色んなことを知りたい。だけど――ダメなんだもん。もう全部、ダメなんだもん！」

ぴしりと、彼女の周囲に霜が広がって、辺りの空気がしんと冷え込む。

青白くその瞳を輝かせながら――きらきらと、溢《あふ》れる涙を凍らせて、四月《よづき》は呟《つぶや》く。

「教えてよ。どうすればいいの、私」

そんな、消え入りそうな言葉に。


「決まってるだろ。逃げれば、いいんだ」


そう言って。レンカは立ち上がると、彼女の前にゆっくりと歩み寄る。

「一緒に、逃げよう。そうすれば――あんたは自由だ」

そんな言葉とともに差し出された、その右手を。

四月《よづき》はただ呆然《ぼうぜん》と、すがりつくようにぎゅっと摑《つか》む。

◆現在。一九四三年二月十三日四時三十二分、連邦北部・秘匿座標地域にて。

レニンベルクからおよそ一日と少しほど車両で移動したところで、ようやく目的地に到着したらしい。

「着きましたよ」

という火傷《やけど》痕の軍人の声に起こされて、仮眠をとっていた私は慌てて意識を覚醒させると近くの窓から外を見ようとする。しかし、

「今は隠れていて下さい」

という静かな、けれど断固たる軍人の言葉に押さえつけられて、私は結局彼がいいと言うまでずっと車中で縮こまる羽目になった。

しばらくそうしていると、車両が停車して。外から人の声が聞こえてきた。

細かいところはよく分からないが、どうやら通行規制が掛かっているらしい。

運転手との少しのやり取りの後、向かいの席に座る軍人が窓の外に顔を出し、何やら告げる。

すると、

「し、失礼しました、一等軍規官《アンカー》！」

「いえ、ご苦労さまです」

そんなやり取りの後で、車両が再び動き出す。

「もう、楽にしていて結構ですよ」

という軍人の声にようやく身を起こし、ひっそりと窓の外を覗《のぞ》き見《み》ると――そこに広がっていた光景に、私は眉根を寄せた。

「……ここは」

「ようこそ。ここが『箱庭』です」

そう、彼が告げた場所。眼前に広がるのは――一面、何もないただの更地だった。

四方には高い塀がそびえ立っていて、それらで囲まれた面積はかなり広大。首都の大学施設くらいはあるだろう。

けれど――それだけの広い土地に、見えるものはまるで何もない。否、正確に言うならば何かがあったと思《おぼ》しき建築基礎がまばらに残っているが、それだけだ。

「……あの、軍人さん。これは一体」

なにか壮大な冗談でも仕組まれているのだろうか、と勘ぐりながら問う私に、軍人は冷え切った笑みを浮かべたまま肩をすくめる。

「おっしゃりたいことはわかりますが、別に私は嘘《うそ》をついてはいませんよ。ここが、かつて『聖女』たちが収容されていた場所。アカデミー直轄訓練研究施設、通称『箱庭』です。……いえ、正しくは『でした』と言うべきでしょうか」

そう告げた後、彼もまた窓の外を一瞥《いちべつ》して、その目をすっと細める。

「ここは既に、その意味を焼却されて久しいですから」

「……どういう、ことですか」

「破棄されたのですよ。『聖女』という存在も含めて、丸ごとね」

彼の言ったことの意味が理解できず、言葉を失う私。そんな私に彼は、手元の板型の情報処理端末を操作しながら淡々と続ける。

「一九四二年、十二月二十五日。連邦と帝政圏との間でようやく一旦の停戦の合意が結ばれたことは、記憶に新しいでしょう。……ここの破棄が正式決定されたのは丁度、その数日ほど前のこと。それから速やかに施設の処理、そして当時ここに登録されていた三十五体の『聖女』の殺処分が遂行されたと、そう記録にはあります」

殺処分、というおぞましい単語に思わず顔をしかめながら、私は質問を重ねる。

「なんで、そんな急に……」

「急ではありません。もともと、そうすることは決まっていたんです」

窓の外の更地を見遣《みや》りながら、彼はどこか呆《あき》れたような笑みをその口元に浮かべた。

「『聖女《アーティファクト》』。遺伝子改変によって生み出され、ただ戦うことだけを存在理由とされた人造生命体。……そんな非人道的な研究が世に知れ渡れば、連邦は多大な批難を浴びることでしょう。だから『彼女たち』の存在を抹消することは、とっくの昔から決定事項でした。急な停戦の決定ゆえに、多少時期は早まりましたけどね」

「そんな、勝手な——」

「ええ、勝手です。……ですがそれが、戦争というものだったんですよ」

肩をすくめて彼がそう言った、その頃だった。徐行で進んでいた車両が停車して、軍人が「ああ」と声を漏らす。

「どうやら、到着のようです」

彼に促されて車両の外に出ると、そこは先ほどまでの更地とは打って変わって、木々の生い茂った林道だった。

時間も時間だからまだ空は薄暗くて、空気も、レニンベルク近郊と比べると随分と冷え込む。

そんな中——私は辺りをきょろきょろと見回しながら、おっかなびっくり軍人に問う。

「……あの、私、もっと隠れたり変装したりしなくていいんでしょうか。軍人さんのお話だと、ここってひょっとしなくても、私なんかが入り込んだらダメな場所ですよね？」

連邦が隠したがって、挙句の果てに破棄した研究施設。一介の記者風情《ふぜい》の立ち入りが許されるとは到底思えない。

だというのに、軍人は何ら気にしたふうもなく、私に手招きをしながら、

「ご安心を。この辺りは人払いを済ませていますから、見つかることはないですよ」

なんて、そんなことを言う。

……先ほどの通行規制でも思ったが。ひょっとしたらこの軍人は、結構高位の階級なのかもしれない。

そんなことをなんとなく考えながら、ひとまず彼の後をついていく私。

しばらくその鬱蒼《うっそう》と茂る薄暗い林道を進んでいくと、やがて一軒、無傷でそびえ立つ建物の姿が見えてきた。

煉瓦《れんが》張《ば》りの古めかしいコンクリート建築。一見するとそれは貴族の別邸か何かのよう。

門扉《もんぴ》にはプレートが張り付いていた痕跡があるが、それは外されているために詳細は分からない。

その建物へと足を向ける軍人に、私はおずおずと、問うてみる。

「……この建物は、一体？」

「中央管理棟、と呼ばれていた場所です。この『箱庭』を管轄する管理官《コントロール》が詰めていた施設ですね」

「管理官《コントロール》」というのは連邦軍部特殊神学機関――アカデミーにおける最高位権限者たちのことを指す。

軍部の中にあって半ば独立組織でもあるアカデミー、そのトップたる彼らは、軍部の方針決定に口出しできるほどの影響力を持っていたとすら言われているが——そんな管理官《コントロール》クラスが直轄していたとなると、なるほど「聖女」関連の機密レベルの高さもうかがえるというもの。

……そしてついでに言えば、そんな秘密に手を伸ばそうとしている自分の立場の危うさも。

ともあれここまで来た以上、やっぱりやめときますと尻尾を巻くわけにもいくまい。迷う心を振り払いながら、私は軍人に質問を投げかける。

「管理官《コントロール》クラスの管轄施設となると、ここって『箱庭』の中でも一番——『見られちゃマズい』場所じゃないんですか？　他があんなに綺麗《きれい》さっぱり掃除されてるのに、よりによってなんでここだけが残ってるんでしょうか」

「この施設の端末だけ、外部から遮断された完全独立のサーバー運用がなされているんです。……その上中枢機器にも特殊なプロテクトが掛かっていまして、機器ごと移設しようとしても、下手に動かすと中身ごと重要なデータがまるっと消えてしまうらしいんですよ」

「……情報が消えると、困るんですか」

「困るんですよ。アカデミーの中にもまだ、『聖女』にこだわっている連中がいるようなのでね」

そう告げると、彼はつかつかと軍靴《ぐんか》を鳴らして建物の中に入っていく。

そんな彼の背を追って玄関口をくぐり、内部の様子を見回してみる。薄暗い、落ち着いた木張りの内装。なんとなく、古い学校の校舎のような雰囲気を感じさせた。

「こちらです」

そんな軍人の声に引っ張られて、ぎしぎしと鳴る廊下を小走りで進んでいく。

やがて、彼が立ち止まったのはひとつの扉の前。

そこに掲げられたプレートを見上げて、私は首を傾《かし》げる。

「……図書室？」

「はい、図書室です」

まるで説明にならない答えに眉をひそめながらも、私は促されるままに部屋に入っていく。

それほど広くはないところに、みっしりと金属製の書架が並んだ室内。向こうの窓辺には二、三台の机が置かれているだけで、それ以外には特段見るべきところのない、簡素な書庫だった。

書架に並ぶ本の種類を見てもこれまた雑多で、専門的な学術書がぎっしりと並んでいたかと思えばその合間には脳がとろけそうな馬鹿げたタイトルの娯楽小説が刺さっていたりもして、ひどくとりとめがない。

そんな書架の中、私はたまたま見知ったタイトルを見つけてなんとなく手に取る。

すると扉の横で私を見ていた軍人が、ぽつりと口を開いた。

「『白夜姫《びやくやひめ》』ですか。懐《なつ》かしい題名ですね」

「え、あ……すみません、勝手に触って」

「いえ、構いませんよ」

感情を探りづらい無表情のまま呟《つぶや》いて、それから彼はわずかに目を細めて続ける。

「記者さんは、その本をご存知で？」

「ええ、まあ……子供の頃に一度、劇を見たことがあって。とても素敵な、ハッピーエンドのお話だったからなんとなく覚えてるんです」

「そうですか」

淡白にそう返した後。彼は私の方へと近付いてきたかと思うと本を取り上げて、ぱらぱらと中を一瞥《いちべつ》しながら呟《つぶや》く。

「ハッピーエンド、とおっしゃいましたが。記者さんはこの物語のもうひとつの結末を、ご存知ですか？」

「もう、ひとつ？」

眉根を寄せる私に頷《うなず》くと、彼は本を片手にこう続けた。

「広く、劇脚本などで知られている結末は貴方《あなた》も知っての通り——黒の騎士と白の姫君、二人の愛に心を打たれた旧《ふる》き神が、その絆《きずな》を認めて呪いを解くというあらすじです。しかしながら、それではあまりにも、都合が良すぎるとは思いませんか」

「……そういうものでしょう、物語というのは」

私の返答に、「そうですね」と返しながら軍人は言葉を継ぐ。

「ですが、大本となった物語では、そうではなかった。結ばれた二人を見て、神がほだされるなんてことはなく——当然のように神は、契約を反故《ほご》にした姫君のことを許さなかった。神は契約通りに彼女を連れ去ると、裏切りの代償として彼女を天に縛り付け、騎士に見せつけるかのように、その体を永久に燃やし続けることにしたんです。『お前の浅はかな考えのせいで、彼女は苦しみ続けるのだ』と、そう言ってね」

「そんな——」

言葉を失う私の前で、彼は開いていた本を閉じると小さく肩をすくめて呟《つぶや》く。

「以来、かの国の空は消えない炎で照らされ続け——作物は枯れ、水は干上がり、いつしか国は衰退していった。原因を作った騎士は国を追われ、姫君は恐怖とともに『白夜姫《びゃくやひめ》』と呼ばれるようになった——それがこの物語の、本当の顛末《てんまつ》です」

芝居がかった仕草でうやうやしく頭を下げる軍人の前で、私は顔をしかめる。

……彼の語った内容が事実であるならば、結局のところ騎士は最愛の人を救えず、それどころか苦しめただけということになる。

そんなのはあまりにも露悪的で、悪趣味で、救いようのない話ではないか。

「だから後世の人々は、隠したんです。大本の筋書きとは別に、もっと救いのある結末を作り出した。……真実というのは、得てしてそういうものなのですよ。知られなかった方が良かった真実というのも、この世にはあるんです」

淡々とそう告げる彼に私もまた、声を潜めて問う。

「……『聖女』についても、そうだと？」

その質問に、軍人は何も答えないままじっと、冷たい眼差《まなざ》しで私のことを見つめていた。

氷のようなその眼光に射すくめられそうになりながら、私は警戒心をあらわに問いを重ねる。

「……あの、軍人さん。何で、こんな場所に私を連れてきたんですか？」

「さあ、私も詳しくは聞いていないので。……ですが」

そんな、どうにも手応えのない答えの後。彼は火傷痕《やけど》の残る右頬をわずかに歪《ゆが》めて――

「何にせよ、貴方《あなた》が来たかったのはここでしょう？　記者さん、いえ……帝政圏の、工作員さん」

そんなことを言いながら、いつの間にか右手に握っていた拳銃の口を、私に向けていた。

その漆黒を見つめながら――私ははぁ、と小さく息を吐く。

バレてしまったなら、隠す意味はもうない。

「知っていたんですか、最初から」

「ええ、まあ。とあるつてから、貴方《あなた》みたいなのが来ることは聞いていましたのでね。申し訳ありませんが、知らぬふりをしていました。……ああ、でも記者としての演技は満点でしたよ。そこは自信を持って下さい」

なんの慰めにもならない社交辞令をのたまう彼に、私はただ、一歩も動けないまま口を開く。

「何故《なぜ》、知っていて私をここまで？」

「そうしろと、ある人——いや、人なのかもわかりませんが。ともあれ言付かっていましてね」

「で、殺すんですか、私を」

「それはまだ、保留です」

「……は？」

思わず間抜けな声を出した私の前で、彼はあろうことか銃をしまうと、窓辺の椅子を引いてゆったりと腰掛ける。

当然私としても、そんな隙を逃す理由はない。胸元のペン——正確にはペン型の暗器銃を引き抜いて、彼に向ける。

そんな状況の中。けれど彼はまったくそんな私の振る舞いなど気に留めず、「さて」と呟《つぶや》いて。

「そう言えば昔話がまだ、途中でしたね」

なんて、そんな脈絡もないことを言い出す。

「こんな状況で、何を……」

「こんな状況だから、話すんですよ。ここで私が死ぬにせよ、貴方《あなた》が死ぬにせよ、尻切れ蜻蛉《とんぼ》では収まりが悪いでしょう」

疑念を抱きながらも銃口を向け続ける私を横目で一瞥《いちべつ》し、けれどそれをどうするでもなく。

ただ淡々と——まるで吟遊詩人か何かのように静謐《せいひつ》な表情のまま、彼は物語る。

「記者さん、い。どうかもう少しだけ、聴いていただけますか。……白夜《びゃくや》に囚《とら》われた雪の聖女と、彼女を救えると本気で信じていた愚かな騎士気取りの少年。幼い二人のほんの小さな、末路の物語を」

■7――一九三九年五月。「嘘《うそ》つき」。

「……一緒に、逃げるって。そんなの無茶だよ」

レンカの告げた提案に、四月《よづき》は怯《おび》えたようにぶんぶんと頭を振る。

「『聖女』の秘密を守りたい人は、大勢いるの。今だってきっと、どこかで守衛官《ディフェンダー》たちが私のことを監視してるはずよ。……逃げるなんて、できっこない」

そんな彼女の言葉にしかし、レンカは迷いのない目で静かに返す。

「もし聞こえるところにいるなら、今もう俺は消されてる。……あんただって言ってたろ。守衛官《ディフェンダー》の連中も皆、あんたの力に巻き込まれるのを怖がってるって。ならきっと、近くにはいないはずだ」

「そう、かも、しれないけど……」

少し気勢を削《そ》がれた様子で呟《つぶや》く四月《よづき》に、レンカは彼女の手を強く握ったまま、さらに言葉を重ねた。

「この前の戦闘で、今は誰も彼も慌ててる。この街がまた戦場になるんじゃないかってな。……だから、今は丁度いいタイミングなんだ。この混乱の中なら、消えた子供二人を見つけ出すなんてそう簡単なことじゃないはずだから」

「でも——この街から逃げても、いったいどこに行けば……」

熱のこもった口調でそうまくしたてるレンカに、不安げな表情で問う四月《よづき》。そんな彼女を安心させるように慣れない笑みを浮かべながら、レンカは続ける。

「どこだっていいさ。こんな時代だ、どこに行ったって同じだし、どこでだってきっと、生きていく方法はある……はず」

レンカとて、まだそんな具体的なプランがあったわけではない。

けれど——それでも、そう言わずにはいられなかった。今彼女の手を離してしまったら、そこで何かが、終わってしまうような気がしたのだ。

「……四月《よづき》。一緒に、行こう」

「レンレン……」

その顔に迷いを浮かべながら、彼女はじっとレンカを見つめて。しかしすぐ、己の失った右手に視線を落として、首を横に振る。

「……やっぱり、ダメだよ。できない」

「何で」

「だって——私には、『聖痕《スティグマ》』が、あるから」

そう呟《つぶや》いて、彼女は下を向いてうなだれる。

「言ったでしょう。私の身体は、不良品なの。もうちょっとしたら壊れちゃう、出来損ないなの。……こんな私のために、レンレンを巻き込むわけには――」

「それが、何だって言うんだよ」

しかしそんな四月《よづき》の言葉を遮るようにして、レンカは彼女の両肩を摑《つか》んで続ける。

「そんなのは、諦める理由にならないだろ。……いつか死ぬかもしれなくても、今あんたは、生きてるんだから。今のあんたがしたいことを、すればいいんだ」

「今の、私が……」

そう、ぽつりと呟《つぶや》いて。それから少しだけ沈黙した後――彼女は瞳を揺らしながら、照れくさそうに笑って言う。

「……じゃあ私、『さくら』っていうのを、見に行きたい。貴方《あなた》と、一緒に」

「そうか。わかった」

レンカの答えは、ただ簡潔だった。四月《よづき》の肩から手を離し、一歩後ずさると、彼は決然とした面持ちで告げる。

「なら俺に、考えがある。……あの薬を、アカデミーの連中から盗み出すんだ」

「薬を……って、あの、抑制剤を？」

「ああ」

目を丸くする四月《よづき》に頷《うなず》いて、レンカは至極真面目な表情のまま続ける。

「あの薬があれば、あんたの発作も凌《しの》げるんだろ。なら、この先のことを考えたら少しでも沢山持っていきたい。……あれは一体、どこに保管されてるんだ？」

「ちょ、ちょっと待ってよレンレン。そんなの流石《さすが》に、無茶だって！」

大慌てで声を上げる彼女に、しかしレンカはまるで動じない。

「無理って、何が無理なんだ」

「だってあれは、最重要機密のものなんだよ⁉　盗むなんて、できっこない――」

「やってみなきゃ、わからない。……けどやる価値は、あるはずだ」

静かに、けれど確かな声音でそう告げるレンカに、四月《よづき》は言葉を失って。

それから――深いため息をついて、ぽつぽつと呟《つぶや》く。

「……私たちが滞在してるのは、『市役所』っていう建物。でも、保管してある場所はわかんない――最初に会った日に持ってたのは、たまたまその前の戦闘での余りを隠してただけだから」

「そうか。それだけわかれば、十分だ」

そう言って頷《うなず》くレンカに、四月《よづき》は不安げな表情で顔を上げる。

「……でも、本当に、危ないよ。あの建物は、いつも守衛官《ディフエンダー》たちが警備してるから。見つかったら、いくらレンカでも殺されちゃう」

守衛官《ディフエンダー》。あのランバージャックとかいう男たちのことだ。

以前、四月《よづき》と街を歩いていた時。一瞬で連中に組み伏せられたことを思い出して、レンカは表情を険しくする。

彼らの戦闘技能は、四月《よづき》のような非現実的さはないにせよ、それこそ「化物じみている」。

奇襲を食らわせたとして、果たして勝てるか——それすら正直、自信は持てない。

こっちの戦力はたったの一人。確実に警備の目をくぐり抜けて、交戦は絶対に避けなければいけないだろう。

だが——そんなことが現実的に、可能なのか。

俯《うつむ》いたまま、頭の中であらゆる作戦を検討して。そのどれもが非現実的で、思わず唸《うな》る。

一人では、無理だ。せめて——


「ひょーっとしてよ、俺らの助けが必要だったりするんじゃねえの？」

急に礼拝堂に響いたそんな声に、レンカは思わず腰から護身用の拳銃を抜こうとして。

けれど入口に立っていた、見覚えのありすぎる姿を認めて——思わず声を上げる。

「カイ……？」

「俺だけじゃねえ。な、シャル」

そう言って彼が笑うと、その後ろからひょっこりと見覚えのある赤毛の頭が飛び出す。

「……レンカ。全部、聞いてたよ」

複雑げな表情の後、ぎこちない笑みを浮かべてそう告げたのは——シャルだ。

「聞いてた、って。どこから」

「そりゃあもう、全部よ。お前がカッコつけてとんでもない駆け落ち計画垂れ流してるのも、二人でばーっちり聞いてたぜ。……ああそうそう、ちゃんと周りに人がいないのは確認したから安心しろよな。聞いてたのは俺らだけだ」

そう言いながら大股でレンカの側まで来ると、カイはレンカの肩をがっしと摑《つか》んで口の端《は》を持ち上げて笑う。

「で、いつやるんだ？　プランは？　装備はどうする？　レンレン隊長」

「……カイ。何言ってるんだ、お前」

「だから、手伝うって言ってんだよ。四月《よづき》さんの大脱走計画をさ」

不敵に笑ってそう告げる彼に、レンカは険しい顔で首を横に振る。

「……必要ない。これは――」

「『俺たちだけの問題だ』、なんて言ったらぶっ飛ばすぜ」

笑顔のまま、しかし目だけが笑っていない。摑《つか》まれた肩に、少しだけ痛みが走る。

「この前のことがさ、やっぱり頭から、離れねえんだよ。お前を一人で行かせて、俺たちは結局、何もできなくて。結局お前だけが大怪我《おおけが》して戻ってきてさ」

「でも、あれは俺が――」

「俺が、とか言ってんじゃねえよ。お前の背負ってるもんは、俺たちも一緒に背負うもんだったはずだろうが。……ああ、そうだ」

そう言って彼は――レンカの肩を摑《つか》んだ手を離すと、礼拝堂中に響くような大きな音を立てて自分の両頰を叩《たた》く。

「カイ、何を――」

珍しく露骨に動揺した様子のレンカに、答えずに。見るからに痛そうなほどに真っ赤になった頰のまま、カイは涙目になりながら続けた。

「お前は、俺たちを頼ろうとしなかった。けどあの時――俺も、偉そうなことを言っておいて心のどっかじゃ日和ってたんだ。お前を焚《た》きつけるだけ焚《た》きつけておいて、俺はそれ以上のことをしようとしなかった。……だからこれは、自分へのケジメなんだ」

そう言って、レンカを、そして四月《よづき》を順々に見遣《みや》りながら、彼は言う。

「今度は俺は、お前らを見送ったりしない。今までだってさんざん一緒に地獄を見てきたんだ。今更ひとつやふたつ増えたところで、どうってことねえよ」

そう告げてにいっと笑うカイの横で、シャルは肩をすくめながら、苦笑を浮かべる。

「カイはバカで、うらやましいな。私はそうは、割り切れないや」

「にゃにぃ!! じゃあ何でお前ここ来たんだよ!?」

驚くカイを横にどかして、シャルはレンカの前に立ち。それからきょとんとしている四月《よづき》の方も、複雑げな眼差《まなざ》しで見つめた後――レンカへと向き直って静かに、口を開く。

「ねえレンカ。今からすっごく、嫌なこと、言うよ」

「……ああ」

頷《うなず》くレンカを、じっと見つめて。やがて決心したように、シャルは呟《つぶや》く。

「私、レンカのことが好き」

そんな真正面からの告白に、レンカもカイも、そして四月《よづき》も目を丸くして。

皆の視線が集まる中で、シャルは顔を真っ赤にしながら、言葉を続ける。

「いつもねぼすけなレンカが好きだし、いざとなったらすっごく頼りになるレンカが好き。笑い方がへたくそなレンカが好きだし、不器用だけど優しいレンカが好き。しーちゃんのことも好きだけど、それよりもレンカのことの方が大事だし——私はレンカに、危ない目に遭って欲しくない。だから」

そう言って、呆気《あっけ》にとられるレンカにぐいと抱きついて。

「私と一緒に、帰ろう？　全部忘れて、また一緒に——ずっと三人で、生き延びよう？」

レンカの胸板に顔を埋めながらそう呟《つぶや》く彼女を、レンカは静かに見下ろして。

「……ごめん。それは、できない」

レンカの答えはただ、簡潔で。

「そっか」

シャルの返事もまた、短かった。

ぱっとレンカから離れると、彼女は苦笑しながらくるりと踵《きびす》を返し、レンカに背を向ける。

「あーあ、フラれちゃったかぁ。ほんのちょっとくらいは、期待してたんだけどな」

そう言って、顔を見せないままにしばらく上を向いた後。

目の辺りをごしごしと袖で拭うと、シャルは少しだけ赤くなった目でレンカと、そして四月《よづき》へと振り返って微笑《ほほえ》む。

「それじゃあ、しょうがない。友達として、私も一肌脱いであげる」

「シャル……」

おずおずとシャルを見つめる四月《よづき》に、彼女はにんまりと笑ってウインクして見せる。

「しーちゃんは、気にしなくていいの。……これは私のための――うん、カイ風に言うなら『けじめ』ってやつだからさ」

そう言ってシャルは、四月《よづき》に向かって右手を差し出す。

「これでやっと、しーちゃんとちゃんと友達になれる気がするから。だから……握手してもらっても、いいかな」

手を差し伸べながら、そう言って苦笑するシャルに。

「……うん。ありがとう、シャル」

そう返してシャルも、彼女の手をきゅっと握り返す。

「……女って、こえぇなぁ」

「何か言った？」

「いえ何も」

カイのぼやきに睨《にら》み返《かえ》した後、シャルは四月《よづき》と手をつないだまま、レンカに再び向き直る。

「それじゃあ、レンカ。改めて、そういうことだから——私もしーちゃんの件、協力するよ」

「……ありがとう、シャル」

そんなシャルに頷《うなず》き返《かえ》すと、レンカは三人をぐるりと見回して、口を開く。

「二人とも。わかってると思うけど——俺たちがやろうとしてるのは立派な、軍への反逆行為だ。失敗したらどうなるかもわからないし、ついてきたら一緒にずっと、追われる身になるかもしれない。……それでも、いいか」

どこか迷いの残るレンカの言葉に、しかし二人の反応は軽いもの。

「今言った通りだよ、レンカ」

「くどいんだよ、バカ」

そう言って笑った後、カイは「それに」と言葉を続ける。

「そういうことならなおさら、俺が一緒の方がいいだろ。……自慢じゃねえけどうちの本家は軍部とも繋《つな》がりのあるそこそこの商家だからよ。逃げ隠れするってんなら、本家の助けを借りられるかもしれねえ」

そんな彼の言葉に、シャルもレンカも揃《そろ》って目を丸くする。

「……カイ。貴方《あなた》ってまさか、お坊ちゃんだったの？」

「おいシャル、何でそんな『ありえない』って感じの顔で見るのよ。見てわからんか、俺のこの気品溢《あふ》れる顔立ちから」

「全っ然わかんない」

「意外だ……」

「レンカ、お前までそーいうこと言う⁉」

——なんて。そんな漫才を始める三人を見て、四月《よづき》はくすくすと笑い声をこぼす。

そんな彼女の笑顔に気付いて、三人もまた、呆《あき》れたように笑い合って。

ひとしきりそうした後、レンカは緊張の解けた表情で皆に告げる。

「……決行は、明日の夜だ。夜間巡回のタイミングで俺たちは市役所に忍び込んで、薬をありったけ奪って逃げる。……四月《よづき》、あんたは時間になったらここで待っててくれ。この教会で落ち合って、そのまま皆で街を出よう」

「……うん」

それからしばらくの作戦会議の後。皆、準備のためにそれぞれの場所へと戻っていく。

レンカたちは装備や弾薬、逃走用の車両の手配を。

そして四月《よづき》は、悟られない程度に抑制剤のありかを探って伝える役割を。

そうしているうちにあっという間に時間は過ぎて、決行の夜が来る。

後戻り不可能《ポイント・オブ・ノーリターン》の、夜が来る。

■

その翌日、深夜十一時二十五分。

レニンベルク市中央部に位置する市役所——現在アカデミーの駐在施設として徴用されているコンクリート製の無骨な建物を眺めながら、その隣に併設された資料館の屋上に身を潜めていたレンカは小さく頷《うなず》いた。

「だいたい、四月《よづき》からの情報通りだな」

彼が観察していたのは、市役所の前方に広がる前庭。そこを往来している、漆黒色の強化兵装《パッケージ》を纏《まと》った兵士たちの動向だった。

作戦開始前に四月《よづき》から手渡されたメモに視線を落とす。そこに書かれていたのは各守衛官《ディフエンダー》たちのおおまかな配置と、そして抑制剤の保管されているであろう部屋の位置取り。

恐らく彼女に対しても一定の情報統制を敷いているであろうに、よくこれだけの情報を集めてこれたものだと感心する。

だが何にせよ――そのお陰で、ことは予定通りに運ぶことができそうだった。

懐中時計を開いて時刻を確認。十一時三十分、定刻となったところでレンカは通信用のイヤーセットに向かって呟《つぶや》く。

「カイ、シャル。準備はできてるか」

『おうよ』『おっけ！』

各々からそう返ってきたのを確認すると、一度空を見上げるレンカ。

不気味なほどに明るい、青い月。ぼんやりとしたその光がわずかに陰ったその瞬間に、レンカは静かに作戦開始の符丁を宣告する。

「……『仕事の、時間だ』」

瞬間――市役所の前庭がにわかに明るくなって。やる気なさそうに中央の噴水で腰掛けていた守衛官《ディフェンダー》たちが、驚いた様子で動き出すのがよく見えた。

作戦は、単純である。レンカの合図とともにまず、カイが正面入口に照明弾を撃ち込んで注意を引き付け――それによって生じた混乱のさなかに、レンカとシャルが別々のルートで市役所の庁舎に忍び込むという流れだ。

外回りの兵士だけでなく、中からも数人の強化兵装《パッケージ》をつけた連中が出てくるのが見える。どうやらまずはカイの第一段階が功を奏しているらしい。

地上に見張りたちの注意が引きつけられている中、レンカは資料館の屋根から市役所外周の植木へと向かって鉤付《かぎつ》きの投げ縄を投擲《とうてき》する。

うまく木の枝に引っかかったのを確認すると、こちら側の端を二、三度引っ張って屋上の排水パイプに結紮《けっさつ》。緩みのないことを確かめて、レンカは躊躇《ためら》いなくそこにぶら下がると塀の中へと侵入を開始した。


鉤縄《かぎなわ》が引っかかった庭木まで辿《たど》り着《つ》くと、念のため鉤《かぎ》を外して塀の外に放った後でレンカは木から下り、辺りを見回す。カイの陽動がしっかりと功を奏しているのだろう、辺りに人の気配がないのを確認して、レンカは足音を殺しながら庁舎へと向かう。

装備としてはいつもの野戦服に小銃と護身用の拳銃、そして諸々《もろもろ》の侵入用の小道具をしまった腰ポーチに抑制剤を運ぶための空の背嚢《はいのう》という簡素ないで立ち。

どの道これがレンカに支給されている装備のほぼ全部だったが、とはいえ今はそんな身軽さが幸いしていた。

庁舎の後面から壁面をよじ登って三階の一室の窓へと至る。ここでの滞在の間、四月《よづき》が使っていたという部屋。手はずではここから侵入する流れになっていた。

ちゃんと鍵が開けられているのを確認すると、少しだけ開けてするりと体を滑り込ませる。

既に四月《よづき》は教会に向かったのだろう、中には誰もいない。

粗末な寝台が置かれただけで、荷物入れのひとつもない。簡素な部屋だった。

寝台の裏を探ると、メモと古びた鍵が貼り付けられている。四月《よづき》が調べた、薬の隠し場所候補が書かれたメモだ。

それらをポケットに忍ばせた後。足音を殺しながら扉を開けて、廊下に出る。外は騒がしいはずだが、しかし警報などが響いている様子もない。下手に警報を鳴らしたりして部外の巡回兵などに踏み込まれると、色々と都合が悪いのだろう。

庁舎とはいえ老朽化の進んだ建物で、廊下もそれほど広いわけではない。慎重に進んでいくと、曲がり角の先で話し声が聞こえる。

「何があったの、これ?」

「正面玄関でどっかのバカが照明弾をぶち込んできたそうです」

「それって、敵襲ってこと?」

「さぁ……ともあれ犯人を探し出せって、アカデミーの青瓢箪《あおびょうたん》たちがカンカンらしいですよ」

その会話の様子からいって、どうやらまだカイは捕まっていないらしい。ひとまず安心しつつ様子を窺《うかが》っていると、話しぶりからして女性らしい守衛官《ディフエンダー》がその場を立ち去り、もう一人の方だけがその場に残って何やら辺りを警戒し出す。

ヘルメットを付けていない、どこか気の抜けた感じの残る若い守衛官《ディフエンダー》だ。

「……なんか、妙だな。おい、そこに誰かいるのか」

守衛官《ディフエンダー》はレンカの方を見遣《みや》り、懐中電灯で照らしながら銃口を向ける。

レンカの潜伏は完璧だったはず。だというのに、気配だけで察知したというのか——彼は一歩ずつ、警戒を続けながらこちらへと近付いてくる。

やり合うか。だがこの状況で真正面から向かっていって、仲間を呼ばれたりする前に無力化できるのか。

そう考えているうちに、守衛官《ディフエンダー》の足音は徐々に近付いてきて——しかし、そんな時だった。

「……うお⁉」

と、そんな声の後でどたばたと音がして。レンカが飛び出すと、誰かが後ろから守衛官《ディフエンダー》の首に腕を回して締め上げていた。

「レンカ、今のうち！」

そう鋭く告げたのは、シャルの声。別経路から侵入してきた彼女が、守衛官《ディフエンダー》に奇襲を仕掛けたのだ。

シャルの声に弾《はじ》かれたようにして、レンカは彼女を振りほどこうとしている守衛官《ディフエンダー》に銃を向け——そのむきだしの眉間めがけて引き金を引く。

流石《さすが》に友軍相手に実弾を撃つのは気が引けたため、込めておいたのは訓練用のゴム弾だ。とはいえ眉間への直撃には、流石《さすが》の守衛官《ディフエンダー》といえど耐えられなかったらしい。

力が抜けたところで後ろのシャルに首を締め上げられて、やがて守衛官《ディフエンダー》の男は力なくその場に崩折れた。

脈に触れて、死んでいないことを確認するとレンカは予備のロープで守衛官《ディフエンダー》を後ろ手に縛って隅に寄せ——それから息を整えているシャルに向かって、小さく頷《うなず》いた。

「助かった」

「ふふ、私がいてよかったでしょ」

言いながら、何やらごそごそと守衛官《ディフエンダー》の所持品を漁《あさ》り始めるシャル。そんな彼女にレンカは怪訝《けげん》な視線を送る。

「何してるんだ」

「なんか、使えるもの持ってないかなって……あ」

そう言いながら彼女が守衛官《ディフエンダー》のポケットから出したのは、顔写真入りの認証カードだった。

「これとか、役に立ちそうじゃない？」

「……確かにな。シャル、持っててくれ」

「うん」

——。

そんなやり取りの後、二人で足並みを揃《そろ》えて三階を回る。

四月《よづき》から受け取ったメモの限りでは、薬剤の保管場所として怪しいのはコの字型の庁舎の中央に建つ、離れの備品倉庫だろうとのことだった。

先ほどの守衛官《ディフェンダー》以外は皆カイの方に注意を向けているのか、庁舎の中は不気味なほどに人気がない。

備品倉庫には一階の渡り廊下を伝って入るらしいが——その渡り廊下の扉の前にも、見張り一人いなかった。

渡り廊下を進みながら、シャルが眉根を寄せて声をひそめる。

「……なんか変じゃない？　重要機密がしまってあるにしては警備が薄すぎるような」

シャルの感じたその違和感には、レンカも同意するところだった。……とはいえ今、警戒しすぎてことを仕損じれば元も子もない。

「さっさと薬を回収して、脱出しよう」

「……うん、そうだね」

そうこう話している間に、倉庫の鉄扉《てっぴ》の前まで到達。軽く押して、鍵が掛かっているらしいことを確認するとレンカは四月《よづき》のメモと一緒に用意されていた鍵を差し込む。

かちりと鍵のはまった音がして、あっさりと開く鉄扉《てっぴ》。

真っ暗なその中に足を踏み入れて、懐中電灯で照らしながら照明のスイッチを点《つ》けると——雑多に金属ラックが並んだ打ちっぱなしのコンクリート床の倉庫の片隅に、明らかに毛色の違う金属製の大棚が置かれていた。

棚と言ってもむしろ金庫のような、正面に扉がついた密閉式のもの。レンカの身長以上もありそうなその扉の取っ手にはカード認証式のロックがついていて、明らかに何か、重要なものが仕舞われているのだろうと一見しても分かる。

恐らくは、この中に薬があるのだ。

とはいえどうやって開けたものか。一応、こういう場合のことを考えて少量の爆薬は持ってきたが——中の薬ごと破損してしまっても困るため、なるべくなら使いたくない。

そう悩んでいると、シャルが何やら得意げに口を開いた。

「ふふん、やっぱり役に立ちそう」

そう言って彼女が取り出したのは、先ほど守衛官《ディフェンダー》からくすねてきた認証カード。

それを読み込み部分に通すと——空気が抜けるような音とともに、自動で金庫の扉が開く。

中には案の定、あの金属製のシリンジが沢山収められていた。

「でかした、シャル」

「ふふ、もっと褒めてくれていいんだよ、レンカ」

胸を張る彼女をひとまず後回しにしつつ、レンカは背嚢《はいのう》を下ろすと金庫からシリンジの固定されたラックを取り出そうとして——しかし、その時のことだった。

「そこまでだぜ、コソ泥ども」

低い男の声が倉庫の中に響いて。弾《はじ》かれたように振り返ると——倉庫の入口に、一人分の人影が立っていた。

強化兵装《パッケージ》を纏《まと》った体格のいい黒髪の男。自動小銃を肩に担《かつ》いで煙草《たばこ》をくゆらせるその人物を見て、レンカは覚悟を決めながらその名を呼ぶ。

「……ランバー、ジャック」

「覚えてたのか、クソガキ」

さして感慨もなさげにそう呟《つぶや》いてレンカとシャルをじろりと一瞥《いちべつ》する彼、ランバージャック。その場から一歩も動かないまま煙草《たばこ》をくわえ直して——彼はぽつりと、呟《つぶや》いた。

「表の騒ぎもてめぇらの仕業か。ったく、今何時だと思ってんだよ。ガキのイタズラにしちゃあ質が悪いぜ」

「……」

そんな彼の言葉に沈黙だけを返しながら、レンカは金庫の中身を横目で見る。がしかし、

「おっと。ブツだけ奪ってトンズラなんて、させねぇぞ」

釘《くぎ》を刺すようにそう告げた彼に、レンカはぎり、と奥歯を噛《か》みしめる。こちらの狙いはどうやら、見透かされているようだった。

「こちとらせっかく一度は見逃してやったってのに——懲りない奴《やつ》だぜ。そんなに死にたいのか」

「……知るか。あんたたちの身勝手に、これ以上四月《よづき》を巻き込ませたくないだけだ」

「『よづき』、ねぇ」

唇の端を歪《ゆが》めて、ランバージャックは嘲るように笑う。

「人んちの飼い猫に勝手に名前付けるのはよくないと思うぜ。あいつはA－004。単なる戦争の道具で、ただの化物でしかない」

「違う。四月《よづき》は——俺たちと同じ、人間だ！」

吠《ほ》えるように叫ぶと、レンカはいったん金庫の中身の回収を諦めて小銃を構える。シャルもまた、それに倣《なら》って——ふたつの銃口がランバージャックを捉える。

だがしかし彼は全くそんなもの、気にも留めたふうもなく煙草《たばこ》をゆうゆうと味わった後。無造作に片手の指で火をすりつぶし、床に放り捨てる。

……肩に担《かつ》いでいた、自動小銃ごと。

「……なっ……？」

予想外の行動に動揺したレンカに、準備運動でもするように手首を軽く振ってみせるランバージャック。

「今日は寝付きが悪くてな。せっかくだ、ちょいとゲームでもしようぜ」

「ゲーム、だと？」

「ああ。どんな手段をつかってもいい、お前らが俺に勝てたら、そいつを持ってどこへでも好きに行けばいい。だが俺が勝ったら、問答無用でてめぇらを殺す。こいつはそのためのハンデってやつさ——どうだ、いい条件だろ」

そう言って不敵な笑みを浮かべる彼を前に、シャルは「どうする」とばかりにレンカを見て。

レンカはわずかな黙考の後、小さく頷《うなず》いて——

「そうだな」

言うと同時にランバージャックに銃口を向けたまま、引き金を引く。

乾いた発砲音と同時に放たれたゴム弾。完全な不意打ちのそれは見事、ランバージャックの眉間に吸い込まれ——

「はっ、行儀が悪いな」

——なかった。

頑強な強化兵装《バッケージ》で覆われた右手が見事、眉間を狙ったゴム弾を受けて防いでいたのだ。

「ともあれ、やる気は十分ってか。ならこっちからも、行くぜ」

そう吠《ほ》えると同時に、ランバージャックが大股で一歩を踏み出す。と同時に彼の体から吹き出したのは、いつかの時にも感じたあのおぞましいほどの殺気。

どん、と地震のような足音がしたかと思うと——目の前には既に、ランバージャックの拳が迫ってきていた。

「――っっ!!?」

鼻先数ミリほどを、黒い外装で鎧《よろ》われた拳が通り過ぎて。その衝撃波でくらつきそうになりながらもどうにか距離をとると、小銃を掲げて彼の腹あたりに向けて発砲。

避けようともしないでゴム弾を受けると、彼は捕食者めいた笑みを浮かべながら再びレンカに狙いを定める。

強化兵装《バッケージ》。「対甲戦闘可能な歩兵用戦闘服」という設計思想のもとに造られたこの機械増幅式外骨格の前では、ゴム弾程度じゃ衝撃すらまともに与えられないらしい。

早々にゴム弾入りの弾倉を捨てて実弾を詰め直すと、レンカは銃口を装甲で覆われていない腕関節目掛けて向ける。が、

「遅ぇっての」

レンカが照準を定めようとする前に彼は見かけによらない軽い脚さばきで射界の外へと移動。再びこちらに距離を詰めようとしてくる。

狙いをつけている暇もない。適当にアタリをつけて立て続けに三発発砲、すると甲高い音とともに二発は装甲板で弾《はじ》かれて、一発は軟質外装の部分にわずかに食い込むだけでぽとりと落ちる。

「嘘《うそ》だろ――」

呆気《あっけ》にとられたレンカの目前に、彼が迫って。レンカは次弾を込めようとするが、しかし弾倉の交換が間に合わない。

「詰みだ、クソガキ」

「耳ふさいで、レンカ！」

彼の言葉とかぶさるようにして、聞こえてきたのはシャルの声。

とっさにその通りにしゃがみ込んだ、次の瞬間——目の前で小規模な爆発が起きて、その衝撃がレンカの肌と鼓膜をびりびりと撫《な》でた。

もうもうと立ち上る粉煙の中、レンカは咳《せ》き込《こ》みながらシャルを見る。すると彼女が構えていたのは歩兵携行用の擲弾筒《てきだんとう》だった。

「……人の目の前にグレネード放り込む奴《やつ》があるか」

「ちゃんとあのおじさんの背中狙ったから、大丈夫だって」

何も大丈夫じゃないが。ともあれレンカは服の粉塵《ふんじん》を軽く払い落とした後、あたりを見回して今の衝撃で落としてしまった小銃を発見し、それを拾おうとして——

「……ったく、随分無茶な真似《まね》してくれるな、おい」

もうもうと立ち込める煙の中からそんな声が聞こえて、レンカとシャルは同時に身構える。

すると煙の晴れた中――そこには先ほどまでと変わらない姿で、ランバージャックが立っていた。

二人が表情を険しくする中、彼は呆《あき》れたようにはぁ、とため息を吐いて口を開く。

「ったく、とんでもねえことしやがる。強化兵装着《こ》て《れ》なかったら俺もこいつもまとめてミンチになってたぞ」

そう言う彼の纏《まと》う強化兵装《パッケージ》。よくよく見るとその装甲板の一部はひしゃげたり、剝がれ落ちたりしていてインナースーツが見え隠れしている。流石《さすが》にグレネードの直撃を受けて無事では済まなかったようだが――とはいえ彼自身が怪我《けが》などしている様子もない。恐るべき防御力であった。

唖然《あぜん》とする二人の前で、彼は軽く首を鳴らした後。

「ちょいとばかり、おいたが過ぎるぜ」

そう呟《つぶや》くと同時に――その姿が、かき消える。否、彼の移動に、目が追いつかなかったのだ。

「つぐ、ぁ――」

次の瞬間聞こえてきたシャルのうめき声に、レンカは弾《はじ》かれたように視線を向ける。すると目に入ったのは、固い床の上で倒れ伏す彼女の姿。倒れたまま、かすかに身じろぎはしているから幸い気を失っているだけのようだ――そう一安心したのもつかの間、

「次は、お前の番だ」

そんな言葉と同時に真正面から繰り出された鉄拳を、反射的に小銃の銃身で受ける。

ぎし、と嫌な手応え。見ると木製の銃身カバーがひび割れて、銃身が歪《ゆが》んでしまっている。

これではもう使えない。即座にそう判断して銃を捨てると、レンカは腰の護身用拳銃を抜いて前に転がる。

頭上をランバージャックの第二撃がかすめるのを感じながら、振り向きざまに発砲。けれどすでにランバージャックは移動していて、銃弾は空を貫くのみだった。

こちらの持っている銃など見えていないかのように、ランバージャックは体勢を整え直すと躊躇《ちゅうちょ》なく向かってくる。その様はまるで、猛獣。手加減などすればこちらが狩られるだけだ。

実弾入りの拳銃で、レンカは迷わず眉間を狙って撃つ。が——その直前に首を傾けたランバージャック。結果、銃弾は彼の側頭をわずかに掠《かす》めて血を滲《にじ》ませるだけ。

ランバージャックの腕が伸びる。拳銃を握った右手が摑《つか》まれて、ぐいと捻《ひね》り上《あ》げられる。

「——っ……！」

情け容赦の一切ない関節技に顔をしかめて、拳銃を取り落とす。だがもう一方の手で腰に差していたナイフを引き抜くと、レンカはそれを死角から振り抜いた。

手応えは、あった。見るとランバージャックの左手、先ほどの爆発で装甲板が剝がれ落ちたインナー部分に、ナイフの先端が埋まっている。

傷は浅い。彼自身の鍛えられた筋肉ゆえもあるだろうし、無茶な体勢からの一撃であったせいで力が入り切っていなかったのもあるだろう。

とはいえその一撃でわずかばかりに彼の手の力が緩んだのを察知すると、レンカは固められかけていた右手を振りほどいて、装甲板で覆われていない彼の脇腹に拳を叩《たた》きつける。

鋼の板でも叩《たた》いたような、固い感触。とんでもない筋肉だ。

ならばとレンカは彼の外装を足がかりにしてその体を登ると、遠心力をかけた蹴撃をランバージャックの首元目掛けて叩《たた》き込《こ》む。

「おぉ……ッ！」

聞こえたのはわずかながら、苦悶《くもん》の声。効いた、そう確信して――けれど次の瞬間、繰り出した足をランバージャックの手ががしりと摑《つか》んで、

「――らァっ！」

そんな掛け声とともに、小柄なレンカの体は打ちっぱなしのコンクリ床に勢いよく、叩《たた》きつけられた。

全身がばらばらになりそうな衝撃とともに、肺の中の空気が絞り出されてレンカは息ができなくなる。そして数秒遅れで背中全体、いや胴体のいたるところに痛みが走り、レンカはたまらず顔をしかめた。

そんな、倒れたままのレンカを見下ろして。ランバージャックは腰のポケットから煙草《たばこ》を取り出し火を点けると、くわえて小さく息を吐く。

「……ああそうだ。言い忘れたがお前の仲間も、もう捕まってる。お前ら二人を叩《たた》きのめして、これで全部、おしまいってわけさ」

紫煙が上るのをぼんやりと眺めながら、そう告げるランバージャック。そんな彼の足元に縋《すが》り付《つ》いて、レンカはしかし、絞り出すように言葉を吐く。

「まだ、だ……」

「ほう」

ランバージャックの返答は、短かった。レンカの顔面を無造作に蹴りつけて、転がる彼を冷ややかに見つめながら——やがて彼は煙草《たばこ》をくゆらせて、ぽつりと呟《つぶや》く。

「おい、クソガキ。お前、何だってあれにこだわる」

それはいつかと、同じ問い。

「……あんたに答える、義務はない」

突っぱねるレンカのそんな返答を、しかし彼は無視して一方的に続けた。

「わかってるはずだろう、あれに関われればろくな目には遭わない。……実際、こんなバカなことを考えなければ俺に蹴り飛ばされるような目にも遭わなかったんだ。違うか？」

そんなランバージャックの言葉に、レンカは口をつぐむ。

確かに、彼の言うことはある意味では、事実だ。……四月《よづき》の事情になど首を突っ込まなければ、こんなことにはなっていなかった。それは、間違いない。

間違い、ないけれど。

「……それじゃ、ダメなんだ」

「あん？」

弱々しく呟《つぶや》いて。それからレンカはゆっくりと、両腕を杖《つえ》にして半身を起こす。

全身が、悲鳴をあげるけれど。そんなことは今は、どうでもよかった。

「俺はずっと、こんな世界は何も変わらないって、思ってた。戦争は続くし、俺たちは戦い続ける。その繰り返しがずっと続くんだって、思ってたんだ、けど」

呼吸をするたびに、胸が痛い。肋骨《ろっこつ》の数本でも折れているのかもしれない。

けれどそんなことは——今は、どうでもよかった。

「あいつが、何もかもを、変えたんだ。ずっと続くかもしれないって思ってた戦いを、あっという間に終わらせて……あいつは俺に、見せてくれたんだ。この世界は、変わるかもしれないって——そんな、可能性を。だから」

震える膝で、立ち上がる。唇の端から血が流れるが、かまうものか。

喉が張り裂けそうなくらいに、レンカはただ、あらん限りの力で叫ぶ。

「今度は俺が、見せてやる番なんだ。あいつが生きてる、この世界は。……箱庭みたいに、ちっぽけなもんじゃないんだって！」

ぼろぼろの体で、持てる限りの力の全てを振り絞って、目の前のランバージャックの顔面に
——拳を、叩《たた》き込《こ》む。

ランバージャックは、避けなかった。

深い手応えの後、彼は顔をのけぞらせて、たたらを踏む。

……けれど、それだけだった。

唇の端が切れたのか、血の混じった唾をその場に吐き捨てて——彼はくわえていた新品の煙草《たばこ》が落ちてしまったことに気付いて少しばかり顔をしかめる。

レンカはもう、立っていることもできずにその場で膝をつく。

そんなレンカを見下ろしながら。ランバージャックは小さくため息を吐き出すと——何を思ったかその視線を明後日《あさって》の方向、倉庫の入口の方へと向けて、こう告げた。


「……だとさ、A-004」


そんな言葉にレンカが思わず、その視線の先を追うと。

いつの間にいたのか——そこには、四月《よづき》が、立っていた。

「……よ、づき？　何で、ここに」

彼女は今、廃教会でレンカたちのことを待っていたはず。まるで状況が理解できずに思考を

フリーズさせるレンカの前に、彼女はゆっくりと歩いてくると――そのまましゃがみ込んで、レンカの顔についた血を指で拭う。

「ごめん、レンレン」

彼女の口から飛び出したのは、そんな言葉だった。

「ごめん、って。何が」

切れ切れにそう問うレンカに、彼女はその青い瞳を辛《つら》そうに伏せて、きゅっと唇を噛《か》み締《し》めた後――


「……私、嘘《うそ》つきなんだ」

震える唇でそう告げて、レンカの体をぎゅっと抱きしめながら、彼女は言葉を続ける。

「レンレンの、立ててくれた計画。……私がそれを、守衛官《ディフエンダー》さんに教えたの」

「……なん、で」

守衛官《ディフエンダー》たちに、脅されたのか？　そう問おうとして、けれど彼女は首を横に振る。

「違うの。誰かに言われたからとかじゃ、ない。私は……私の意志で、そうしたの。貴方《あなた》たちを、止めるために」

「止めるって。……何で」

「そうしないとレンレンも、シャルも、カイも、皆が私の、巻き添えになっちゃうから」

こらえきれずに涙を流す彼女に、レンカは思わず、言葉を返す。

「巻き添え、って。何、言ってんだよ。……俺たちは——そんなつもり、ない。あんたとこれからも、一緒にいたいって、そう思ったから」

「それでも」

そんなレンカの言葉を遮って、四月《よづき》はぶんぶんと首を横に振る。

「それでも、同じことよ。私と一緒にいる限り、貴方《あなた》たちはきっと、危ない目に遭い続ける。それはきっと、私が死んでからもおんなじ——私に関わってしまったら、きっとそうなってしまう。……だから私は、守衛官《ディフエンダー》さんに、頼んだの。ここでレンレンたちを、止めてほしいって。レンレンたちを、もとの世界に返してあげてほしいって」

「そん、な……」

愕然《がくぜん》と呟《つぶや》いて、レンカはランバージャックの方を見る。

新しい煙草《たばこ》をくわえたまま、彼は何も、言わなかった。

「貴方《あなた》が言ってくれたこと、しようとしてくれたこと。私とっても、嬉《うれ》しかった。その気持ちは、本当」

呆然《ぼうぜん》とするレンカを見つめながら、泣きはらした目で笑う四月《よづき》。

そんな彼女に――レンカはまだ何か、言わなければいけないことがあるような気がして。

けれどレンカが言葉を探しているうちに、時は過ぎてゆく。

「……ごめんね、レンレン。こんな嘘《うそ》つきを助けようとしてくれて、ありがとう」

ゆっくりと立ち上がり、レンカに向かって背を向ける、四月《よづき》。

「さようなら。どうか、お幸せに」

そう言って、彼女はランバージャックに向き直って告げる。

「レンレンたちのことを、お願い。他の人たちに見つからないように、外へ――」

しかし。

「そいつは、許可できないな」

声が降ってきたのは、上からだった。

弾《はじ》かれたように揃《そろ》って顔を見上げるレンカと四月《よづき》、そしてランバージャック。

その視線の先。薄暗い倉庫のタラップに身を預けてこちらを見下ろしていたのは、白衣の男。

怪しげな仮面をつけた――「死神」とも呼ばれる、あの調律官《ウォッチャー》だった。

「よう、随分とお熱いじゃないか、お二人さん」

上からそんな軽口を飛ばしてくる調律官《ウォッチャー》に、レンカが何か言うよりも早く――口を開いたのは、隣のランバージャックだった。

「…………管理官、02。何故《なぜ》あんたが、こんなところにいる」

「妙な騒ぎが起きてるって聞きつけてな。来てみたらいやはや、面白いことになってるじゃあないか」

そう言って肩を震わせて笑う仮面の調律官《ウォッチャー》を見つめ、険しい顔をしている彼。その言葉に、レンカは眉をひそめる。

「管理、官？　なんだ、それ。あんたは調律官《ウォッチャー》じゃなかったのか」

「おう。実はな」

レンカの問いに、調律官《ウォッチャー》の返事はあっさりとしたものだった。

普段から凝っているとうるさい肩をほぐしながら、彼はこの場にそぐわぬ軽薄な調子でレンカに向かって口を開く。

「『アカデミーから送られてきた調律官《ウォッチャー》』は、世を忍ぶ仮の姿……ってわけでもないんだが。まあなんだ、戦場をこうやってうろつくのが趣味みたいなもんでな。その正体はアカデミーの最高権限保有者、人呼んで管理官《コントロール》――ってわけだ。どうだ、びっくりしたろう？」

くだらない冗談にしか聞こえない、そんな答えを返す彼。けれどランバージャックのこわばった表情から、彼の言葉が嘘《うそ》ではないということが理解できた。

だが、であれば。

「……さっきの。『許可できない』って一体、どういう意味だ」

先程彼が告げた言葉を、反芻《はんすう》して問う。すると調律官《ウオツチヤー》──否、管理官《コントロール》02と呼ばれた彼は手すりに寄りかかりながら「ああ」と声を上げ、

「そのまんまの意味さ。……坊主《ぼうず》。悪いが私は、お前さんを殺さなきゃあならん」

普段とまるで変わらぬ軽い調子でそう言い放つと、すっとその手を上げる。

すると──いつの間に現れたのか。銃を構えた守衛官《ディフエンダー》たちが、レンカたちの周りをずらりととり囲んでいた。

「レンレン……！」

動揺をあらわにしてレンカへと視線を遣《や》る四月《よづき》。だがそんな彼女を、押さえつけたのはランバージャックだった。

「やめとけ。流れ弾に当たる」

「流れ弾が、って。ちょっと待って、なんでレンカを──」

「いや、そりゃあ、なぁ」

悲痛な声を上げる四月《よづき》を一瞥《いちべつ》して頭をぼりぼりとかきながら、管理官《コントロール》02はレンカへとその仮面の無貌を、そしていつの間にかその手に握りしめていた軍用拳銃の銃口を向ける。

「今のお前さんならわかるだろう、坊主《ぼうず》。……お前さんだってこうなる覚悟はして、ここに来たんだろうからな」

ただ無言のまま、表情を険しくするレンカ。そんなレンカを見て肩をすくめながら、管理官《コントロール》02は言葉を続けた。

「考えてもみろよ。最強の戦場伝説たる『聖女』。その彼女たちが実は軍部の非人道的実験の産物で、しかも力を使うたびに壊れていく欠陥品だ――なんて、そんな事実がもし世に出てしまったら、どうなるか。今の連邦は、はっきり言って『聖女』のお陰でどうにか帝政圏と五分に持ち込めてるようなもんだ。その『聖女』の致命的な欠陥を知られちまってるとなれば――管理官《コントロール》としちゃあ看過するわけにはいかんだろう?」

淡々と告げた彼の言葉に、レンカは何も、答えない。

彼の言わんとしていることは、よく分かる。この戦争が、すでに限界を迎えつつあることは――最前線を転々としてきたレンカにとっては、身に沁《し》みて理解できる事柄だった。

連邦にはもう、戦い続けるだけの余力はなくなりつつある。

今の連邦は――狂い始めた帳尻を、「聖女」という名の切り札でどうにか誤魔化しているだけに過ぎない。

ならば、彼女たちの秘密が白日の下に晒《さら》されるということは、すなわち――連邦という国家そのものを、終焉《しゅうえん》に導くきっかけたりうる。


……けれど。


「それが、どうした」

やがて顔を上げてレンカが返したのは、そんな答えだった。

その言葉に、ランバージャックが驚いた顔でレンカを見る。

アカデミーの組織事情にうといレンカからしてみれば知る由《よし》もないことだが、彼のこれまでの反応からするに、管理官《コントロール》という存在がいかに絶大なものかということくらいは予想がつく。

だがそれでも――そんなことはやはり、レンカにとってはどうでもいいことだった。

「レンレン……？」

隣で不安げに戸惑う四月《よづき》を一瞥《いちべつ》した後、レンカはきっぱりと言い放つ。

「国のためだとか、戦争のためだとか……そんなの、知ったことか。勝手な都合を四月《よづき》たちに押し付けて、それで戦い続けて。その先に何があるって言うんだ」

「さてな。だが少なくとも、そのお陰で守られるものもある。彼女たちのお陰で、死ななかった命も沢山あるんだ。……それはお前さん自身が、一番よく理解してるはずじゃないか？」

普段と変わらぬ調子で告げられた、その言葉に。レンカはわずかに、言葉を詰まらせる。

あの日戦場に舞い降りた、聖女。

彼女があの場に現れなかったら――きっとレンカは、今ここにはいなかっただろう。

「聖女」によって救われた命。それはレンカも、同じことだった。

……なら。


「四月《よづき》を踏み台にして、生き続けるくらいなら――そんな『不死身』、俺はいらない」

吐き捨てるようにそう告げると、レンカはとっさにその場でしゃがみ込み、足元に落ちていた自分の拳銃を拾い上げて管理官《コントロール》へと向ける。

その俊敏な動きに、囲んでいた守衛官《ディフエンダー》たちはわずかに動揺したのかその銃口を揺らして――引き金に指が掛けられる直前に、レンカは力いっぱいに叫ぶ。

「動くな！　……妙な動きをしたら、管理官《コントロール》を撃つ」

銃口は、まっすぐに管理官《コントロール》の眉間へと向けて突きつけられている。仮に守衛官《ディフエンダー》たちが発砲したとして――それと同時にレンカが撃てば、管理官《コントロール》も道連れになるだろう。

拳銃を向け続けるレンカをしばし見つめた後。やがて管理官《コントロール》は守衛官《ディフエンダー》たちに向かって銃を下ろすように手で指示をし――けれど自分だけは銃口を動かさないまま、再び口を開いた。

「おいおい、正気か？　この状況でそんなことして、生きて帰れると思ってるのかよ」

「……あんたを人質にでもすれば、四月《よづき》を連れてここから逃げることだってできるんじゃないか。偉いんだろ、あんた」

そうレンカが返すと、管理官《コントロール》は呆《あき》れたように肩をすくめてみせる。

「一応、忠告だけどな。自分で言うのも何だが——私に銃を向けるってことは、この国に銃を向けることと同じだぜ。お前さん、それでいいのか？」

「何を、いまさら」

短くそう返すと、レンカは管理官《コントロール》を——その仮面の奥の目をまっすぐに睨《にら》みつけて。

「四月《よづき》たちを犠牲にして、その上でしか成り立たない国だって言うのなら。そんな国、滅んじまえばいい」

揺るがぬ声で告げられた、レンカの言葉。

そんな、天に唾するにも等しい行為を前にランバージャックも、四月《よづき》すらも凍りついて——

しかし一人だけ、管理官《コントロール》だけは、違った。

「……くく、くく」

絞り出すような、そんな声。

「く、は、はははははははは！」

皆の視線が集まる中、仮面を押さえながら前屈《まえかが》みになって——彼はどうやら、笑っているようだった。

壊れたラジオのように、堰《せき》を切ったように笑って、笑って、笑い続けて。ひとしきり笑った後で、彼はレンカに向けていた銃口をすっかり下ろしたまま口を開く。

「坊主《ぼうず》――いや、レンカ。お前さん、本当にバカだな」

「なっ」

「バカなだけじゃない。考えてるようでなんも考えてねえ、よく吠《ほ》えてよく噛《か》み付《つ》くバカ犬だ。だが――そういうよく吠《ほ》える番犬が、丁度欲しかったんだ」

くく、とまだ笑いを零《こぼ》しながらそう言う彼に、レンカは眉をひそめる。

一体彼は、何を言っている？　怪訝《けげん》げに見つめるレンカに向かって、管理官《コントロール》は静かに告げた。

「なあレンカ。お前さんは、ここで死ぬ。お前さんだけじゃなく、そこで転がってる嬢ちゃんも、外で捕まってるカイの奴《やつ》もな。……仮に私を殺したところで、どうあれお前さんたちは間違いなく、ここで死ぬことになる」

管理官《コントロール》は肩を揺らしながら、こう続ける。

「で、だ――そこでひとつ、提案なんだがな。取引をしないか」

そんな突拍子もない彼の発言に、レンカは思わず眉根をひそめる。

「……取引、だって？」

「ああ。……実を言うと私は今、丁度お前さんたちみたいな死人どもをを集めてるんだ」

愉快そうにそう告げた彼に、レンカはその顔に困惑を広げて。そんなレンカを愉快そうに見つめながら、管理官《コントロール》はさらに言葉を継ぐ。

「私みたいな立場になると、色々と使い、や、す、い手駒が入り用でな。……それもただの兵隊じゃない。どんな地獄からも生きて帰ってくるような、ゴキブリみたいな生命力をした連中だとなお良いのさ――なあ、【不死身《サバイバー》】」

そんな管理官《コントロール》の言葉に、レンカはしばらく唖然《あぜん》として。しかしやがて我に返ると、いまだ不信感の残る表情でもって彼に問う。

「……あんた、俺たちに何をさせる気だ」

「おっ、勘がいいじゃないか。……なーに、大したことじゃない。単にちょいとばかし、こ、の、国、を、変えるためのお手伝いをしてもらうだけさ」

「サラリととんでもないこと言うな、あんた」

横でぼそりと呟《つぶや》いたランバージャックに、管理官《コントロール》はくぐもった笑いをこぼす。

「どうだ、お前さんも仲間に入るかい」

「遠慮しておくよ。俺は平和主義者でね。中立派でいたい」

「そりゃあ残念」

ちっとも残念そうに聞こえない軽い調子でそう呟《つぶや》いた後、「で」と口を開く管理官《コントロール》。

「どうするよ、レンカ。ちなみに断れば、お前さんたちにはやっぱりしっかり死んでもらうことになる」

「拒否権は、ないのかよ」

「あるわけないだろ」

あっさりとそう返して、彼はくつくつと含み笑う。

「言っておくが、さっきも言ったようにこれは『取引』だ、悪いことばっかりでもないぜ。なにせ私の下につくってことは、この国の裏側に入り込むってことだからな——そうなればいつか『箱庭』に近付くチャンスだって、できるかもしれない」

そう告げた管理官《コントロール》の言葉に。レンカは思わず、反射的に訊《たず》ね返《かえ》す。

「……本当か」

「おっ、食いついたな。……絶対とは言わんが、可能性はあるだろうさ。勿論《もちろん》、すぐにとはいかんがな」

そううそぶくと、彼は仮面の口元をわずかにずらし、にいっと三日月みたいな笑みを浮かべてみせる。

「さて、どうするよ」

そんな彼の問いかけに。しかしレンカは、答える代わりにこう返す。

「……答える前に、もうひとつだけ。あんたに訊《き》いておかなきゃいけないことが、もうひとつある」

「ああ、そいつは無理だ」

レンカが続けるよりも早くそう言った彼に、レンカは眉根を寄せる。

「まだ何も言ってない」

「見りゃわかる。そっちの、『聖女』のことだろう。……悪いがな、『聖女』についての決定は、私にも覆《くつがえ》せん」

「覆《くつがえ》せないって——あんたは偉いんだろ。なら……」

言い返すレンカに、けれど管理官《コントロール》は首を横に振って、

「いいや。そのお嬢ちゃんを『箱庭』に戻すのは私以外の——管理官《コントロール》03が決定した事項だ。そいつを撤回することは、同じ管理官《コントロール》でもできん」

「そんな——」

歯噛《はが》みするレンカを見下ろしながら、それきり口を閉ざす管理官《コントロール》。

沈黙が流れる中——しばらくして再び口を開いたのは、当の四月《よづき》だった。

「……もう、いいよ。レンレン」

ぽつりとそう呟《つぶや》いた彼女に、レンカは思わず声を荒げる。

「もういい、って。いいわけないだろ。『箱庭』に行ったら、あんたはもう——」

「二度と『箱庭』からは出られない。それはわかってるよ。……でもね」

悲しげに顔を歪《ゆが》めるレンカとは対照的に、穏やかな顔のまま彼女は静かに続ける。

「今はそうかもしれないけど、この先どうなるかなんて、誰にもわからないでしょう。……ひょっとしたらすぐに戦争が終わって、そうしたら私たちも、兵器じゃなくなるかもしれない。そうなったら——もう一度また、レンカと一緒にいられるかも」

静かにそう語る彼女に、しかしレンカは首を横に振る。

「そんなのただの、夢物語だ。世界はそんなに、優しくない」

泥沼化したこの戦争が、そう簡単に終わるものか。ましてや四月《よづき》には——そんなことに期待して待てるような悠長な時間は、残っていないのだ。

「この国も、この世界も、あんたをずっと、閉じ込め続ける。だから、俺は——」

絞り出すようにそう告げたレンカの言葉を、遮るように。

「なら、迎えにきてよ」

彼女は静かな笑顔を浮かべたまま、そんなことを言う。

「この国が、世界が、戦争が、私を閉じ込めるなら。レンレンが私を助け出してくれればいい。……そうでしょ？」

「助け出せばって。そんな、簡単に——」

「できるよ、レンレンなら。だって」

そこで言葉を区切ると、彼女はまっすぐにレンカを見て。

「レンレンは私の、ナイトさまなんだから」

そう言って——その顔に、満面の笑みを咲かせてみせる。

少し冷えた彼女の手が、レンカの手に触れる。

その感触を確かめるように、レンカの手を何度も軽く握りながら——彼女は言う。

「約束して、レンレン。きっといつか、私を迎えに来るって」

「……約束なんて。そんなの、守れるかどうか」

「む、まだそんなこと言う。弱虫だなぁ、レンレンは」

軽く頬を膨らませてそう言うと、彼女は何か思いついた顔でその場で居住まいを正して、

「……そんな怖がりなナイトさまに、お姫さまが勇気の出るおまじないをあげましょう」

芝居がかった口調でそう告げた彼女に、「何を言ってる」と問おうとして。

けれど開きかけた口を、塞いだのは柔らかいものだった。

柔らかくて、温かくて、ほのかに甘い味がして。

それが四月《よづき》の唇だと分かった頃には、彼女はレンカから顔を離して、照れくさそうに笑っていた。

「えへへ。やっと本当のやつ、できたね」

しばらく頭が真っ白になった後、ようやくレンカは我に返って口を開く。

「あんた、何してんだ――」

「イヤだった？」

「いや、それは、そういうわけじゃない、けど」

「なら、良かった」

ふふ、と上機嫌に笑いながら、彼女はレンカをぎゅっと抱きしめる。

「『こいびと』同士がすることをしちゃったから、これで私たちも、『こいびと』なのかな」

間近に彼女の柔らかな感触と温度とを感じながら、レンカは「バカ」と呟《つぶや》く。

「順番が、逆だろ」

「そっか」

……まったく。三歳児のくせに、変なことばかり知りやがって。

呆《あき》れとか照れくささとか、色んな気持ちがないまぜになって、それきり何も言えずに言葉を失うレンカ。

そんなレンカを愛おしげに、名残惜しげに見つめた後――抱きしめていた腕を解くと彼女は後ろ向きに一歩退いて、それから得意げにこう告げる。

「勇気、出た？」

そんなの、答えられるわけもない。顔を真っ赤にして俯《うつむ》くレンカを見て満足げに頷《うなず》いた後、

「今のは私の、ふぁあ、い、い、ふぁあすときすってやつだったんだから。いつかレンレンも、ちゃんと返しに

きてよね」

「……借りたり返したりするもんじゃない」

「そうなの？　ま、いいや」

あっけらかんとそう返して、彼女はくるりと踵《きびす》を返す。

「約束、守ってよね」

四月《よづき》の周りを取り囲む、顔の見えない守衛官《ディフエンダー》たち。彼らに促されながら一歩を踏み出して

――そんな彼女の背中に、レンカは気付けば、叫んでいた。

「……ああくそ、わかったよ。俺はあんたを、必ず迎えに行く。あんたと一緒に――あんたが見たいって言ってた、桜の花を見に行ってやる！」

そんなレンカの声を受けて。四月《よづき》はそこで一度立ち止まると、こちらへ向いて――

「ふふ。レンレンならそう言ってくれるって、信じてた」

泣きそうな笑顔でそう返した後、守衛官《ディフエンダー》らに連れられ消えていく。

役者が立ち去って、舞台に残されたもの。

しばらくの間四月《よづき》の消えた方向を見送った後――レンカは再び管理官《コントロール》に向き直り、静かに告げる。

「なあ、あんた。さっき言ってたよな、あんたの下につけば、『箱庭』に近づけるって」

「ああ、そうだな。……何なら『箱庭』だけじゃない。この国の裏側に根を張ってるもの全てと、お前さんはきっと向き合うことになる」

「そうか」

短くそう呟《つぶや》いて、レンカは管理官《コントロール》を睨《にら》みつけながら――

「なら俺は、あんたの提案に乗ってやる。この国を、この世界を、変えるために。あいつを縛り付けるなにもかもを――ぶち壊しにしてやるために」

そう告げた彼に、管理官《コントロール》はにんまりと笑って頷《うなず》く。

「オーケー、なら契約は成立。お前さんたちは晴れてここで『死んで』、どこにもいない存在に成り下がることになる。……さて、これから忙しくなるぞ――地獄も、たっぷりと見てもらうことになる」

そう告げた彼の言葉に、レンカは思わず失笑する。

地獄。そんなのは今までと、何ら変わらない――いや、むしろ。

今のこの気持ちを思うならばきっと、どんな地獄も今よりはマシなはずだと。

……そう思わずには、いられなかった。

◆8――現在。一九四三年二月十三日五時三分、連邦北部・秘匿座標地域にて。

「――それで『彼』は、どうなったんですか」


ひとしきり、軍人が話し終えた後。

気付けば私は拳銃を構えることも忘れて、話の続きを促していた。

そんな私を見てかすかに微笑《ほほえ》みながら、彼は静かに言葉を続ける。

「『彼と彼女はその後、再会して幸せに暮らしましたとさ。めでたし、めでたし』。物語ならきっと、そう締めくくるのが綺麗《きれい》なんでしょうが――あいにくと、そうはならなかった」

「それは……」

問いを重ねる私に、彼は軽く肩をすくめて。

「これ以上は、語るほどでもない話です。結局のところ彼は、彼女を救えなかった。言ってみればただ、それだけですから」

――なんて。さしたる感慨もなくそう呟《つぶや》いて、小さなため息をついてみせる。

「……彼が管理官《コントロール》の直下に入って、一年ほどした後のことです。四月《よづき》と呼ばれた聖女が息を引き取ったという情報が、彼の耳に届いたのは」

悲嘆も怒りもない、それはただ、氷のように冷ややかな声。

「愚かなものでしょう。仲間まで巻き込んで、国にまで喧嘩《けんか》を売って。挙句の果てには連邦の裏側に身を落としてまで生き永らえて、その手を血よりももっとどす黒いもので染めながら這《は》いずり回《まわ》って――その結果が、この有様。愚かな少年は結局、何もかもを喪《うしな》っただけだった」

手袋で包まれた自身の手のひらに視線を落として、自嘲めいた笑みを浮かべて。

誰に言うともなくそう呟《つぶや》いた火傷痕《やけど》――否、凍傷痕の軍人に、私は思わず、問いを投げかけていた。

「貴方《あなた》は、後悔しているんですか」

そんな私の質問に、彼は少し驚いたような顔になった後、

「……さあ、どうでしょうね」

と、少しばかり困ったような微笑を浮かべてそう呟《つぶや》く。

「後悔していないと言えば、嘘《うそ》になるでしょう。私は結局何ひとつ守れなかったし、結局のところ私はこの鳥籠から彼女を、救い出せなかった。ならばせめて、残った『聖女』たちを――そう思った時にはこの有様で。結局のところ私は彼女にも、そして彼女たちにすら、何ひとつしてやれなかった。……後悔をしていないと言えば、嘘《うそ》になるでしょう」

そう言いながら窓の外を一瞥《いちべつ》する彼に、何かを言おうとして。

しかし伝えるべき言葉が見つからず、私はそこで黙り込む。

そんな私を見つめながら――軍人は静かに微笑《ほほえ》んだまま、再び口を開いた。

「……さて、スパイさん。昔話はこの程度に、今は今の話をしましょうか」

「今、の――」

「つまりは貴方《あなた》がどうしてここに来たのか、ということについてですが――まあ、聞くまでもないことでしょうね」

そう言いながら彼は、懐《ふところ》に手を入れて。また拳銃を出そうとしているのかと警戒する私の前で、けれど彼が取り出したのは――携行式の小さな記録媒体だった。

「この施設のサーバーに遺《のこ》されていた、『聖女』についての観察記録。その全てが、ここに入っています」

「……なっ」

思わず言葉を失って、私は軍人を見返す。その表情からは真意は読み取れないが――なのにどうしてか、嘘《うそ》を言っているようにも思えなかった。

「……何で、そんなものを貴方《あなた》が持っているんですか」

「人づてに頼まれましてね。『聖女』について調べている方が来たら、渡すようにと」

そんな、はぐらかしているのか何なのかよく分からない答えを返しつつ、彼はそれを卓上に置いて続ける。

「ですが私も、これをただ右から左へ渡すわけにもいきません。なのでひとつだけ、質問させて下さい」

「質問、ですか」

「ええ」

目の笑っていない顔で、口元だけに笑みを浮かべながら彼は言う。

「貴方《あなた》たちは何故《なぜ》、『聖女』について知ろうとするんですか?」

その言葉の言外にあるであろう意図を探して、しかし私はすぐに諦める。

そんな小手先の話術でどうにかなるとも思えなかったからだ。……だから。

「その質問への答えは、変わりません。……『聖女』と呼ばれた人間兵器たち。彼女たちが存在したことを私は――いえ、『我々』はしっかりと、白日の下に明らかにする必要があると考えています」

「連邦を――この国を揺るがすため、ですか」

「そういう思惑も、あるでしょう。……ですが」

私は正直に頷《うなず》いて。そしてさらに正直に、こう付け加えることにする。

「『我々』とは関係のない、私個人の思惑で言うのなら。やはりこれも、最初に貴方《あなた》にお伝えしたことと変わりません。私は単純に――思ったんです。『彼女たちのことを、誰かに覚えていてほしい』と。『彼女』について話してくださった貴方《あなた》と、恐らくは同じように」

私は思うまま、ただ正直にそう、答えることにした。

そんな私の答えを受けて軍人はと言うと、そこで初めて、目を丸くして驚いたような表情を見せた後——ゆっくりと満足げに目を閉じて、小さく肩をすくめてみせる。

「貴方《あなた》は、スパイには向いていませんね」

「それは、貶《けな》されているのでしょうか」

「最上級の褒め言葉ですよ」

むっとする私に向かってそう返すと同時に、彼はひょいと何かを投げ渡してきた。

「受け取って下さい。これはもう、貴方《あなた》のものだ」

放り投げられた小さな記録媒体を慌ててキャッチする私に、彼はうっすらと笑みを——恐らくは彼の本来のものであろう、ぎこちない笑みを浮かべながら、

「貴方《あなた》が、いえ、貴方《あなた》がたがその真実をどう使うのか。楽しみにしていますよ」

どこか嬉《うれ》しそうにそう告げると、彼はそこから窓の外を一瞥《いちべつ》して「ふむ」と小さく鼻を鳴らす。

「……そろそろあまり、時間もないようですね。思いの外早く嗅ぎつけてきましたか」

「嗅ぎつけて、って……」

彼の視線を追って窓の外を見る。すると——館の外周に広がる樹林の陰に、よく見ると無数

の人影があった。

「どうやら貴方《あなた》のことが、バレたみたいです。流石《さすが》に少しばかり、強引にことを進めすぎましたか」

言葉の反面、まるで慌てた様子もなくのんびりとそうぼやく彼に、しかし私はたまったものではない。

「バレたみたいって、そんな」

「ご安心を。ちゃんと退路はありますから」

そう言って彼はゆったりとした様子で席を立つと、「こちらです」と促しながら並んだ書架のひとつの前に立つ。

雑多に並んだ本のうち、少し飛び出したものを彼が無造作に押し込むと、瞬間。書架の横、ただの壁にしか見えなかった場所がスライドして、そこに下への階段が開く。

「こういった事態を想定しての地下行き階段です。知っているのはそれこそここの管理官《コントロール》くらいのものでしょうから、無事に『箱庭』の外まで逃げられるはずですよ」

何食わぬ顔でそう告げた彼に頷《うなず》くと、私は迷うことなく口を開けたその闇に足を踏み入れる。が──どうしたことか、軍人の方はと言うと一向に、降りてくる様子がない。

「……あの、急いだ方がいいのでは」

「ええ、その通りです。貴方《あなた》が行ったらちゃんとここは閉めますので、ご安心を」

「閉めるって……貴方《あなた》は来ないんですか？」

「ええ。追っ手の連中も、そう長くないうちにこの通路くらいは見つけるでしょうから。少しでも時間稼ぎをしておかないといけません」

あっけらかんと告げながら、懐《ふところ》から拳銃を取り出してスライドを引く軍人。

そんな彼の背中に、なんだかとても、嫌なものを感じて。

何かを口にしようとしたその瞬間、「そう言えば」と先に呟《つぶや》いたのは軍人の方だった。

「すっかり、忘れていました。まだ貴方《あなた》の名前を、伺っていませんでした」

何を思ったか、そんなことを言い出す彼に私は眉をひそめる。

「名前、って。そんなの、どうでも……」

「どうでもよくなんて、ないですよ」

やんわりとした、けれどどこか有無を言わせない響きでそう告げる彼に気圧《けお》されて。

私は結局——観念して彼に、名乗ることにした。

「『ティー《T》』。それが私の、名前です」

「符丁《なまえ》、ですか。つれない方だ」

なんて、少し冗談めかしてそう呟《つぶや》く彼に、私は少しばかりむっとしながらこう返す。

「死ぬかもしれない人に、名乗る名はありませんので。……本当の名前はまた、いずれお会いした時にでも教えます」

そんな私の答えに、彼はというと少しばかり意外そうに目を見開いて。

それからどこか愉快そうに、その凍傷痕のある頬を歪《ゆが》めた後――「わかりました」と、どこか清々《すがすが》しい口調でそう呟《つぶや》いた。

「では、ティーさん。……しばしのお別れです。次にお会いする時を、楽しみにしていますよ」

「ええ、こちらこそ。それまで精々ご壮健で――ああ、そうでした」

とそこで、私はわざとらしく声を上げた。

隠し扉を閉めようとして、けれどそんな私の言葉に軍人の手が止まる。

「……まだ、何か」

「いえ、大したことではないのですが――最後にひとつだけ、少しばかり楽しい世間話でもと」

「そんな暇はないと言ったはずですが」

「お時間は取らせませんので」

言いながら、私は扉を閉めようとする彼の手を抑えて半ば一方的に言葉を続ける。

「……ご時世柄、最近は帝政圏へ亡命してくる方なども増えていましてね。私も立場上そういった方々と接触する機会も多いのですが――以前その中に、とびきり妙な集団がいたんです」

「妙な?」

「ええ」

怪訝《けげん》な顔をする軍人に、私は頷《うなず》いて。

「年端もいかぬ少女ばかりが十数人と、ついでに軍医が一人。それはもう奇妙な取り合わせの一団でしてね――ああそうそう、貴方《あなた》が言うところでは丁度、この『箱庭』で聖女たちが処分されたのと同じくらいの頃でしたか」

淡々とそれだけ言ってやると、軍人はその顔に――今まで見たことがないような、明らかな動揺の色を浮かべていた。

「……少女、たち？　それは――」

「ああ失礼。お時間を取らせませんと言った手前、そろそろ私は脱出させてもらいます」

わざとらしくそう返して、こちら側から重い扉をぐいと引く。

がちゃりと重々しい施錠音《せじようおん》が響くのを確認しながら、私は分厚いその扉の向こう側へと向かって、

「――では今度こそ、またいつか。世間話の続きができることを、願っていますよ」

一方的にそう告げると、急勾配の階段を下り始める。

足元灯の微《かす》かな光が照らすだけの、薄暗い階段。

まるで地獄の底にでもつながっているのではないかと思ってしまいそうなそこを、私は足早に降りていく。

少なくともその先には――地獄はないと。

私はそれを、知っているから。

◆

…………。

「はっはー、こりゃあ見事に手玉に取られたな」

スパイの少女が立ち去った後。

凍傷痕の軍人の耳に届いたのはそんな、聞き覚えのある声だった。

書架の向こうから聞こえてくるその声に、軍人はちらりと一瞥《いちべつ》を向ける。金髪の、最新式の強化兵装《バッケージ》を纏《まと》った青年がそこに立っていた。

人懐《ひとなつ》っこい笑みを浮かべながらこちらをにまにまと見つめてくる彼に、

「……最後の最後に完敗だ。大した女スパイだよ、彼女は」

ため息混じりにそう返して肩をすくめた後、軍人はすぐに静かな笑みを浮かべながら金髪の青年へと向かって再び口を開く。

「それより、下の様子は」

「強化兵装《バッケージ》着込んだ装甲化猟兵《イェーガー》が十人ってとこだな。多分、それで全部だ。『聖女』相手ならともかく、俺らみたいなただの人間相手ならこれでもお釣りがくるくらいだからな。なんなら銃だっていられねえくらいだろ」

「違いない」

ちっとも笑えない彼の冗談に、軍人は微《かす》かに鼻を鳴らしてそう返す。

するとそんな彼の反対側、別の書架の向こうからも声が返ってきた。声の主は、赤い髪を縛った強化兵装《バッケージ》姿の女性。

「もー、カイってば。笑ってる場合じゃないでしょ。今の状況、かなりヤバいってことわかってる?」

「おうとも。そこにいるウルトラ級バカがまた、後先考えずに走り出しちまったからな」

内容に反してどこか楽しげな響きでもってそう返す彼に、軍人は憮然《ぶぜん》としたまま答えない。

——その様子は先ほどまでとは打って変わって、どこか年相応の青年らしさが感じられるものだった。

「『やっぱすいませんでした』って土下座でもしてみるか? 案外許してくれるかもしれないぜ」

「あはは、名案。カイが試しにやってみて」

「遠慮しとくわ」

こんな状況の中、そんな軽口を叩《たた》き合う二人を見て、軍人は苦笑混じりに肩をすくめる。

「お前らは本当に、変わらないな」

そんな、彼の言葉にしかし二人ともきょとんとして。

「『一番変わってないのは『お前』『あなた』だよ』」

と、サラウンドでそう返してきた。

「まあ、身長は随分と伸びたけどな。外面だけはマシになったかと思えば、中身はあの頃のままの向こう見ずだ。ついていく俺らの身にもなれってんだ」

「……悪かったな」

「おうとも、謝れ謝れ。お前のせいで俺らはこんな地獄の四丁目まで来ちまったんだから」

「まあ、ついていくことを決めたのは、私たちなんだけどね」

そう言って笑う女性に、隣の青年も「まあな」と鼻を鳴らした後、軍人に向かって問う。

「で、これからどーするよ、大将」

そんな彼の質問に、軍人は少しばかり黙考して。

それから窓の外、密《ひそ》かに動き始めた兵士たちの姿を見遣《みや》ると――わずかに目を細めながら静かに口を開く。

「正面から、打って出よう」

「おいおい、正気か」

「敵もまさか、俺たちがそんな自殺行為みたいな真似《まね》するとは思わないだろう。見たところ、

「正面の敵配置は少ないし――連中の裏をかく」

大真面目にそう告げた彼に、問うたのは隣の女性。

「勝算は？」

「どうだろう。少しはあるんじゃないか」

「アバウトだなおい。死ぬ気か？」

「まさか。あの女スパイのしてくれた楽しい世間話のせいで、意地でも死ねなくなったよ」

そう言って、どこか少年っぽい笑みを浮かべる軍人に。

「それを聞いて安心した」

金髪の青年もまた呆《あき》れたように笑うと、担《かつ》いでいた自動小銃を構えて首を振る。

「――となると結局、いつもどおりか」

「ああ。俺たちにできるのは、前に進むことだけだから」

そう言って一度、軍人は空を仰ぐ。

未明の空。薄暗い、けれどほのかに光が始まろうとしている薄青色の空を見て――彼は静かに言葉を続ける。

「進めなかった『彼女』の分も、俺たちは進むんだ。そのためには、立ちはだかるものは何であれ叩《たた》き潰《つぶ》す」

漆黒色の瞳に、映り込むのは夜明けの灯火。

「……この国が、あの戦争が、『彼女』を閉じ込めたなら。俺たちが今度こそ——全部、ぶち壊しにしてやるんだ」

そんな、静かなる宣誓の後に。彼は再び視線を前に戻すと、両脇の二人の名を呼ぶ。

「カイ」

「おう」

「シャル」

「うん」

「……俺だけじゃ、できるかわからない。だから、頼む」

命令を待つ二人に——彼が告げたのは、ただ一言。

「二人とも、死ぬなよ」

「了解！」

「期待してるぜ、我らが愛《いと》しの【不死身《サバイバー》】！」

——。

何もかもが喪《うしな》われ、壊れた時代。

けれど、そんな時代にあってなお——その泥濘《でいねい》の中に生まれて、戦い続けた者たちがいた。

幾度も、雑草のように踏みつけられ、踏みにじられて。それでも彼らは、前を向く。

たとえその先に夜明けがなくとも、彼らの中には、消えずにきらめく雪があるから。

ゆえに彼らは雪明かりを頼りに、明けない夜を往《ゆ》き続《つづ》ける。


少年たちの地獄《せいしゅん》は、終わらない。

きっと彼らが、笑って前を向き続ける限り。

◆True_End：//十二月の桜と、救われない聖女。

その日の空はよく晴れた、十二月の青色をしていた。

「箱庭」と呼ばれる、秘匿座標地域。

門前でこちらをじろじろと注視してくる守衛官《ディフエンダー》たちを相手に職員証を提示して引き下がらせると、軍用の輸送車両を運転していたレンカは彼らの停止指示に従って車両を停め、後方のシートに座っている人物へと声を掛けた。

「おい、あんた。着いたぞ」

寝心地最悪と悪名高いこの車両で、驚いたことにどうやら熟睡していたらしい。

レンカの声掛けの後、しばらくしてその人物は顔を上げると――ゆっくりとした所作で立ち上がり、わずかにしわのついた白衣を揺らしながら車両を降りた。

寝起きのためか、まだ少しおぼつかない足取りでむき出しの地面に立つその人物を、レンカはそれとなく横目で見る。

長身痩軀《そうく》を包むのは、肩口に緋色《ひいろ》の意匠が縫い留められた白衣。髪の色は、レンカと同郷というわけでもないだろうが少し似た漆黒色。

そして──何より目を引くのはその顔。そこに張り付いた、無骨な仮面だった。

その人物は、調律官《ウォッチャー》なのだという。

調律官《ウォッチャー》と言っても、あの管理官《コントロール》──一年ほど前にあっけなく死んだあの男とは違ってだいぶ線の細そうな奴《やつ》だが、ともあれ。

この日のレンカの任務は、この怪しげな調律官《ウォッチャー》をこの場所まで運ぶことだった。

こちらに向かってぼそりと礼を言った後、守衛官《ディフェンダー》に連れられていくその後ろ姿を目で追いながら、レンカは鋭く目を細める。

戦場の死神。そうとも揶揄《やゆ》される調律官《ウォッチャー》がこの「箱庭」に送り込まれたというのが、一体何を意味するのか──上層部は何も言いこそしなかったが、十分に予想がつく。

上は、「聖女」の破棄を決めたのだ。

だからあれを、送り込んだ。おおかた「聖痕《スティグマ》」に苛《さいな》まれた「聖女」たちのフィジカルサポートとでも偽って、密《ひそ》かに彼女たちの処分を進めていく算段なのだろう。

……それを推測したところで、レンカにはどうすることもできないことだし──何かをするつもりも、なかったが。

……あの夜、レンカたちは「死んだ」。

脱走兵として銃殺刑に処されたと公式文書には記載され、レンカたちはあっさりと「いるはずのない人間」になり、管理官《コントロール》の下で働くこととなった。

管理官《コントロール》の下で、レンカたちは「軍規官《アンカー》」と呼ばれる立場を得た。

軍規官《アンカー》。軍にもアカデミーにも依《よ》らない独立した行動権限を与えられた武官であり——もっと言ってしまえば要は、管理官《コントロール》直属の私兵である。

そんな立場ゆえに。管理官《コントロール》からの命令で、手を汚すこともあった。それこそ死にそうな目になんて何度も遭ったし、目を背けたくなるようなことだって——何度も目の当《まあ》たりにしてきた。

そうして一年が経ち、二年近くの歳月を経て。レンカは今日、ようやくこの場所に、辿《たど》り着《つ》いた。

「箱庭」。かつて四月《よづき》が送られて——そのまま息を引き取ったという、この場所に。

守衛官《ディフエンダー》たちに告げて、中に立ち入る。怪訝《けげん》な顔をされたが、管理官《コントロール》直属の身分というのは強固なものらしくそれほどの抵抗もなく許可された。

門扉《もんぴ》をくぐりながら、辺りを見回す。

鉄条網で冠された、高い塀で囲まれた広大な敷地《しきち》。時期外れの青々とした木立で囲まれた広大なグラウンドの外周には白い古風な建物が並んでいて、一見すれば寄宿学校かなにかのよう。いや、実際——年端《としは》もいかぬ「聖女」たちの教育と訓練を行う施設という意味では、それそのものなのだが。

上を見上げれば、そこには一見何の変哲もない空が広がるばかり。

けれど——事前に情報を得ていたため、レンカは知っている。この敷地《しきち》の上空に浮かんでいるのは最新式の気化式ホロ・スクリーン。上空からの偵察を無効化し、「聖女」の存在を秘匿するための空の壁なのだと。

丁度座学の時間なのか、誰もいないグラウンドの端を歩きながら、レンカは思う。

よくもまあ、これだけの施設を作り上げたものだと。

よくもまあ、それだけ手塩にかけた『彼女たち』をあっさり放棄するものだ、とも。

冬だというのに落ち葉ひとつない木々の下を歩きながら、校舎らしい建物の裏手に回る。

別段、どこかを目指して歩いているわけではない。探しているものも、求めていたものも、既にもうここにはいないと——知っていたから。

彼女が死んだと知らされて、もう一年近くが過ぎた。とっくに気持ちの整理はできている。

……いや、違う。それも欺瞞《ぎまん》だ。

結局のところ、まだ自分はそれを心のどこかで受け入れきれずにいるから。前を向くことができずにいるからこそ、調律官《ウォツチャー》の送迎なんてどうでもいい任務に立候補してまでここに来た。彼女が最期《さいご》に過ごしたであろう場所に——彼女の面影がほんの少しでも残っていないかと、期待していたのだ。

「……馬鹿馬鹿しい」

自分自身のいじましさに失笑を零《こぼ》しながら、校舎裏の林の中でレンカは足を止める。下らない感傷だ。そんなことをしても、彼女はもう還《かえ》ってこないのに。

そう思って踵《きびす》を返そうとして、しかしそんな時のことだった。

「どうしたんですか、そんなところで立ち止まって」

鈴の鳴るような可憐《かれん》な声が響いて、レンカは弾《はじ》かれたように振り返る。

するとそこに立っていたのは——小柄な少女だった。

いまいち体に合っていない連邦軍士官用の濃紺色のオーバーコートに、冬季用の軍帽。左足が不自由なのか、右手には歩行補助用の銀杖を握っていて、足にも鎧《よろい》のような装具が付けられている。

そして何よりも目を引くのが、その髪。

無造作に長く垂らされたその髪は——桜のように淡い、桃色をしていた。

「どちら様ですか」

繰り返し問うその少女に、レンカは我に返ると慌てて外面用の顔を作る。この二年の間に磨いた技術だ。

「……失礼。ちょっと散歩をと思っていたら、迷ってしまいまして」

「散歩、ですか。随分とリスキーな散歩をされるものですね」

くすりともせず、人形のように端正な無表情のままでそう呟《つぶや》いて。けれどそんな少女の無表情が──レンカの顔を見て一瞬だけ、わずかに揺らいだ。

「……貴方《あなた》、その傷は」

「ああ、これは」

どう説明したものかと、レンカは思案する。

目の前の少女は──まず間違いなく「聖女」の一人だろう。四月《よづき》のことを正直に話せば色々と面倒なことになりそうだ。

慌てて即席の嘘《うそ》を練り上げようとしたところで、しかし先に口を開いたのは少女の方だった。

「不審者さん。一人で歩けないようなら、私がお送りしましょう。……ですがその前に」

そう言って、杖《つえ》にもかかわらず軽快な歩様で歩き出しながら彼女は続ける。

「少しだけ、ご一緒して頂けますか」

――。

少女に連れられて林道を少し進むと、そこにあったのは、大掛かりな温室庭園だった。

熱帯から寒帯まで多種多様の植物が入り混じって並ぶ中。案内されたその一角で、レンカは思わず目を見開く。

「これは――」

居並ぶ植物たちとは区分けされて、一本だけぽつりと、けれど大きく枝を振ってそびえ立っていたのは――見上げるほどに見事な、桜の木だった。

「よく咲いていますね。この季節に、珍しい。……お嬢さんは、これを見せたかったんですか？」

「まさか。こんなもの、ただの造り物です。一年中咲いてますので、珍しくも何ともない」

冷たい態度でそう返す彼女に、レンカは内心で戸惑う。

一体彼女は、何を考えているのか。そう思いながら少女へと視線を向けると――彼女は何を思ったか、太いその幹の裏手に回り込んで、そこから何かを、取り出した。

「これを」

そう言って彼女が無造作に手渡してきたのは、草色の表紙の、よれよれにくたびれた一冊のノートだった。

兵卒たちに支給される、何の変哲もない記録用の帳簿である。何だってそんなものを――そう思いながら受け取って、破れないよう注意深くページをめくったところでレンカは息を呑《の》む。

『一宮《いちみや》』

『双葉《ふたば》』

『三次《みつぎ》』

『五塚《いつか》』

『弥六《みろく》』

『七奈那《ななな》』

『八刀《やと》』

『九重《ここのえ》』

最初のページに並んでいたのは――そんな単語の羅列で。

けれどレンカだけはそれが単なる言葉の羅列ではなく、そのひとつひとつが名前なのだと、知っていた。

「ああ、よかった。人違いではなさそうですね」

つまらなそうにそう呟《つぶや》く少女に、レンカは外向けを装《よそお》うことも忘れて問う。

「……どういうことだ。何でこれを、俺に」

「『顔に凍傷の痕がある軍人が来たらこのノートを渡せ』と、言伝《ことづて》されてまして」

「誰に」

「誰って。貴方《あなた》なら知っているはずでしょう、『レンレン』さん」

興味なさげに彼女の告げたそのあだ名に、レンカははっとする。

これは。このノートは間違いなく――。

確信を新たにして、レンカはノートを再び開く。


そこに書き込まれた無数の名前たち。最初に二人で決めた三十余りの他にも、知らない名前が沢山増えていた。

恐らくそれらは彼女が一人で頭をひねったものなのだろう。余白部分には没になったらしきものがいくつも残っていて、斜線でぐしゃぐしゃに消されたそれらのせいもあってだいぶ見づらい。

「……ったく。後で見てわかるように書けって、言ったろ」

ため息混じりに呟《つぶや》きながら、レンカはページをめくり続けて。

しばらく白紙を挟んだ後――終わり際のページでレンカはその手を止めた。


「レンレンへ」

そんな書き出しとともに――そこに書かれていたのは名前でなく。

数行にわたって綴《つづ》られた、文章だった。

ゆっくりと、文字を追う。後半に行くにつれて筆致は少しずつ震えていて、最後の方は、読み解くのにすら苦労するほどで。

それを最後まで読み終えると――レンカはそこで、最後のページに何かが挟まっているのを見つける。

見てみるとそれは、いつぞや彼女と一緒に食べたあのチョコレートの包み紙だった。

ずっと挟まっていたせいかぴったりと平たくなっていたその包み紙を見て、レンカは思わず苦笑する。

「……物持ちがよすぎだろ、あんた」

ここにいない彼女に向かってそう呟《つぶや》いて。

それから上を――めいっぱいに枝を伸ばした満開の桜を見つめて。震える声で、口を開く。

「……ったく。色々と押し付けてくれやがって」

こんなものだけ遺《のこ》して、いなくなって。

こ、こんなことを、書かれたら。

こんなものを見せられたら――まだ、立ち止まれないじゃないか。

まだ、諦められないじゃないか。

「……お済みですか」

レンカの様子をじっと見つめて、ぽつりとそう呟《つぶや》いた桃色の髪の少女。

「ああ」

「では、私はこれで。南にまっすぐ進めばゲートがあるので、お帰りはそちらです」

「……送ってくれるんじゃ、なかったのか？」

そう問い返すレンカに、彼女はというと。

「必要なさそうなので。……貴方《あなた》はもう、自分一人で歩けそうですから」

淡白にそれだけ言ってくるりと踵《きびす》を返すと、用は済んだとばかりに立ち去ろうとする。

そんな彼女の背中に――レンカは思わず、声を掛けていた。

「なあ」

「はい？」

「ありがとう、『九重《ここのえ》』」

レンカがそう名を呼んだ瞬間。氷のような彼女の無表情に初めて、明確な変化が現れる。

それは敵意のようであり、一方で困惑のようでもあった。

「……貴方《あなた》。何で、私の名前を」

「それは、秘密だ」

少しばかり得意げにレンカが告げると、彼女は眉間のしわを深くして。

それきり何も言わずに、再びレンカに背を向けて立ち去っていく。

桜色の頭が見えなくなるまで見送った後。レンカは再び、ノートを抱えたままゆっくりと桜の木を見上げる。

季節外れの桜。恐らくは造り物のそれをただじっと、眺め続けて。

「……綺麗《きれい》だろ。言ったとおりだ」

誰にともなくそう呟《つぶや》くと——「そうだね」と、そんな声が聞こえた気がした。

◆レンレンへ。

久しぶりです。レンレンはお元気ですか。私は、そこそこです。

手紙ってどういうことを書けばいいかよくわからないけど、そもそもこんなノートに書いていいのかもわからないけど。

それでも書いておいた方がいいって五塚《いつか》ちゃんが言ってたから書いておきます。

ええと、まず何から言えばいいのかな。

……ああ、そうだ。あの時にキスをしたこと、レンレンはちゃんと覚えていますか。

私はちゃんと、覚えています。

実はすっごく照れくさくて、すっごく恥ずかしかったのに、レンレンってば反応が薄いからびっくりしちゃいました。……ああ、でもその後ちゃんとレンレンも驚いてくれてたからいいか。やっぱりいいです。

……じゃなくて、うん。もっとお手紙らしいことを書かないと。

どういうのを書けばいいかって三次《みつぎ》ちゃんに聞いたら、手紙はまず時節ネタだって言われたのでなにか書きます。

「箱庭」に戻ってきて、丁度一年くらいが経ちました。

レンレンと一緒に決めた皆の名前も、皆とっても気に入っています。

守衛官《ディフェンダー》さんたちは絶対に呼んでくれないけど、私たちの間ではこの名前が完全に定着しました。

最近は下の妹たちもまた増えて、その子たちにも同じように、名前を考えてあげようと思ってます。

「箱庭」に戻されて、最初は正直、とっても落ち込んだけど。

それでもここにも、皆がいるから。思ったよりもずっと賑《にぎ》やかで、楽しいです。

……でもやっぱり、楽しくないこともあります。

毎週採血されるのは痛いし、秘蹟《ひせき》の負荷実験も、体が痛くなるからやりたくないです。

こんど管理官《コントロール》が代わるって言うから、また私の処遇も変わるのかもしれないけど。今はそのへんのことがいやで……ああ、そうだ。

あと「箱庭」には、チョコレートがないんです。

たまに出撃する姉妹たちに持ってきてって言ってるんだけど、皆チョコレートってなんなのか知らなくて。そのせいで違うものを持ってきたりして、なかなかありつけないです。

……うーん、なんだか楽しくないことばっかり書いてたら、またちょっと体調が悪くなってきたかもしれません。

さっきは「そこそこ」って言ったけど、正直今は、けっこうつらいです。

字を書いてても、手が痛くて、震えてきて。そういう時にはレンレンのことやシャル、あとついでにカイのこととかを思い出して、気分を紛らわしてるんだけど——やっぱり、きついです。

最近はその場しのぎの抑制剤じゃあ全然効かなくて、もっと強い痛み止めとかももらってて。そうすると少しはいいんだけど、そのかわりにとっても眠くなるから、ちょっと困ります。

もっと皆と一緒にいたいのに。

もっとレンレンたちのことを、考えていたいのに。

……会いたいな。

早く、レンレンに、会いたい。

こんな手紙だけじゃ書ききれないこと、いっぱいあるのに。直接レンレンの声を聞いて、レンレンと話したいこと、いっぱいあるのに。

レンレンは今、なにしてるのかな。……レンレンも私のこと、考えてくれてたらいいな。

約束のこと、覚えてるよね。レンレンはちゃんと、迎えに来てくれるんだよね。

最近はなんだか、無性に心配になってしまうの。レンレンのこと、信じてないわけじゃないのに——怖くなる。

ひょっとしたらもう、会えないんじゃないかって。私はこのまま死んじゃうんじゃないかって思って、夜寝る時とかに急にすごく、怖くなる。

……あれ、おかしいな。そんなことを書くつもり、なかったのに。

ごめんね、もっと楽しいことを書きます。

……ああそうだ。最近植物園に、レンレンが言ってた「さくら」っていうのが植えられたの。

レンレンが言った通り、すっごく綺麗《きれい》。

私の髪も九重《ここのえ》みたいにさくら色ならよかったのにって思います。レンレンと次に会った時、私の髪の毛がさくら色になってても驚かないでね。


……ねえ、レンレン。

いつになるかわからないけど、私はあなたが来るのを、待ってます。

それと——もし。

これはもしの話だけど。

もしもレンレンがここに来て。その時に私がそこに、いなくても。

どうかレンレンは、進んでください。

私の分まで、前に進んで。それでどうか——私の代わりに、あの子たちを、助けてあげて。

あなただけはどうか、あの子たちのことを、覚えていて。

……こんなお願い、むしがいいのはわかってるけど。

でもこんなことを頼めるのは、あなたしか、いないから。

……それじゃあ、そろそろ、疲れたからこのくらいにします。

レンレンと一緒に。できればまたチョコレートを食べながらさくらを見るのを、楽しみにしてます。

……なんて、チョコレートは流石《さすが》に、ぜいたくかな？

四月《よづき》

あとがき

ご無沙汰しております、西塔鼎《さいとうかなえ》です。石の裏でひっそり生きています。

本書をお手にとって頂き、そしておそらくはここまで読んで下さって、ありがとうございました。

本を一冊読みおおせるというのは案外に体力の要るものです。あなたの人生のほんの少しの時間といくばくかの気力とを、「彼」と「彼女」のために割いて頂けたことは光栄の限りです。

何者でもない少年と、「聖女」と呼ばれた少女。

動乱と混沌《こんとん》の時代の中で出会った二人の、それは青春と呼ばれるであろうものの一ページ。

その果てに二人が得たものは、何なのか。たどり着いた場所は、どこなのか。

その答えが物語のようには出ないのが、おそらく青春というものなのでしょう。

どうか皆様にとって、本書との出会いが益体のあるものでありますように。

そして、願わくばいつかまた、この箱庭にてお会いできますよう。

西塔《さいとう》　鼎《かなえ》

追記：お仕事整理兼いろいろ雑記用ホームページ。
https://saitoukanae.amebaownd.com/
（予告なく移転、消滅している可能性もあります）

◉西塔 鼎著作リスト

「ウォーロック・プリンセス　戦争殺しの姫君と六人の家臣たち」（電撃文庫）
「かみさまドクター　―怪医イサナさんの症例報告―」（同）
「エレメンタル・カウンセラー　―ひよっこ星守りと精霊科医―」（同）
「死にたがりの聖女に幸せな終末を。」（同）
「いつかここにいた貴方のために／ずっとそこにいる貴方のために」（同）

本書に対するご意見、ご感想をお寄せください。

ファンレターあて先
〒102-8584　東京都千代田区富士見1-8-19
電撃文庫編集部
「西塔 鼎先生」係
「Enji先生」係

本書は書き下ろしです。

電撃文庫

いつかここにいた貴方《あなた》のために／ずっとそこにいる貴方《あなた》のために

西塔《さいとう》 鼎《かなえ》

2019年11月9日　初版発行

発行者　郡司 聡
発行　株式会社KADOKAWA
〒102-8177　東京都千代田区富士見2-13-3
0570-06-4008（ナビダイヤル）
装丁者　荻窪裕司（META＋MANIERA）
印刷　株式会社暁印刷
製本　株式会社ビルディング・ブックセンター

●お問い合わせ（アスキー・メディアワークス ブランド）
https://www.kadokawa.co.jp/（「お問い合わせ」へお進みください）
※内容によっては、お答えできない場合があります。
※サポートは日本国内のみとさせていただきます。
※ Japanese text only

※定価はカバーに表示してあります。

ISBN978-4-04-912949-6　C0193　Printed in Japan

電撃文庫　https://dengekibunko.jp/

電撃文庫創刊に際して

文庫は、我が国にとどまらず、世界の書籍の流れのなかで〝小さな巨人〟としての地位を築いてきた。古今東西の名著を、廉価で手に入りやすい形で提供してきたからこそ、人は文庫を自分の師として、また青春の想い出として、語りついできたのである。

その源を、文化的にはドイツのレクラム文庫に求めるにせよ、規模の上でイギリスのペンギンブックスに求めるにせよ、いま文庫は知識人の層の多様化に従って、ますますその意義を大きくしていると言ってよい。

文庫出版の意味するものは、激動の現代のみならず将来にわたって、大きくなることはあっても、小さくなることはないだろう。

「電撃文庫」は、そのように多様化した対象に応え、歴史に耐えうる作品を収録するのはもちろん、新しい世紀を迎えるにあたって、既成の枠をこえる新鮮で強烈なアイ・オープナーたりたい。

その特異さ故に、この存在は、かつて文庫がはじめて出版世界に登場したときと、同じ戸惑いを読書人に与えるかもしれない。

しかし、〈Changing Times,Changing Publishing〉時代は変わって、出版も変わる。時を重ねるなかで、精神の糧として、心の一隅を占めるものとして、次なる文化の担い手の若者たちに確かな評価を得られると信じて、ここに「電撃文庫」を出版する。

1993年6月10日
角川歴彦

地味で眼鏡で超毒舌。俺はパンジーこと
三色院菫子が大嫌いです。
なのに……俺を好きなのはお前だけかよ。
発売直後から大反響！
これが最近の
ラブコメなのかよ!?
俺を好きなのはお前だけかよ
駱駝《らくだ》
illustration ブリキ
第22回電撃小説大賞
金賞
電撃文庫

アクセル・ワールド
川原 礫
イラスト／HIMA
accel World
もっと早く……
《加速》したくはないか、少年。
第15回電撃小説大賞《大賞》受賞作！
最強のカタルシスで贈る
近未来青春エンタテイメント！
電撃文庫

SWORD ART ONLINE
ソードアート・オンライン
川原 礫
イラスト／abec
「これは、ゲームであっても遊びではない」
《黒の剣士》キリトの活躍を描く
究極のヒロイック・サーガ！
電撃文庫